U0465151

遇見 唐宋八大家

司马一民 编著

浙江教育出版社·杭州

序

原以为《白居易：与君约略说杭州》《苏东坡：前生我已到杭州》相继出版以后，总该"消停"些日子了吧，谁知道司马一民又"遇见"了唐宋八大家，还有系列。我笑问，这还有个完吗？

读者现在看到的这本《遇见唐宋八大家》，延续了司马一民一贯的写作风格，立足史实，忠于文本，解读深入浅出，力求通俗易懂。与此前不一样的是，本书从解读诗词扩展为解读散文和诗词，并且以解读散文为主，因为"唐宋八大家"这个特定的称谓指的就是唐宋的八位散文大家。

元末明初，朱右[1314—1376，字伯贤，自号邹阳子，临海章安（今属浙江台州）人，明洪武年间参与纂修《元史》]将唐代韩愈、柳宗元及宋代欧阳修、王安石、苏洵、苏轼、苏辙、曾巩的散文名篇编为《八先生文集》，作为学习古文的范例。这才开始有了"唐宋八大家"之说，并为后世学人认可。其中，韩愈、柳宗元是唐代"古文运动"的领袖，欧阳修、苏洵、苏轼、苏辙四人是宋代"古文运动"的核心人物，王安石、曾巩是临川文学的代表人物，他们引领了古文革新浪潮，对后世影响深远。

古代的散文与我们现代的散文，在定义上是有区别的。除了官方文书之外，除了诗词曲赋之外，其他的古代文章，我们都称之为散文，因而古代的散文内容非常广。唐宋八大家是古代散文高手的杰出代表。他们的文章对后世产生了极大的影响，很多文章至今仍被奉为经典。如何让古代的经典走出象牙塔，进入普通读者的视野，也就是优秀的传统文化如何普及，这仍然是一个难题。

本书与一般的唐宋八大家文选读本相比，有两点明显区别：一是在世人熟知的名篇之外，把目光聚焦于既反映唐宋八大家思想抱负又兼具文学性与可读性的作品，让读者对唐宋八大家的作品有更全面的了解；二是不但精选散文，还兼顾诗篇，让读者在对不同文体作品的品味中，体会唐宋八大家一以贯之的理想信念与人格操守，从而感受阅读的趣味、领略文学的魅力。

近年来，司马一民在普及中华优秀传统文化方面不断探索，出版了一些解读诗词、挖掘诗词背后的故事的作品。这些作品都上过购书网站的畅销榜，有的出版才几个月就重印了，这说明读者喜爱这些作品。现在，司马一民在普及中华优秀传统文化方面有了新的拓展，《遇见唐宋八大家》是新的起点，相信读者会一如既往地喜欢这本书。

凌　雁

2023年9月

目录

韩愈篇/1

2　韩愈简介
3　韩愈印象

　　韩愈提倡古文、反对骈俪,将改革文风与复兴儒学相结合,强调文以明道。他主导的这场"古文运动"从唐代延续到宋代,确立了质朴自然、平易畅达的散文传统,对后世影响深远。

7　韩愈诗文赏读
　　7　送温处士赴河阳军序
　　12　柳子厚墓志铭
　　20　李花赠张十一署
　　23　调张籍

柳宗元篇/29

30　柳宗元简介
31　柳宗元印象

　　柳宗元在偏僻的永州闲居十年,"永州八记"就是他十年自我"疗伤"的记录,可谓"穷则独善其身"。虽然如此,他仍想着有机会能"达则兼济天下",尤显士人风骨。

34　柳宗元诗文赏读
　　34　箕子碑
　　40　永州韦使君新堂记
　　46　重别梦得
　　50　登柳州城楼寄漳、汀、封、连四州刺史

欧阳修篇/55

56　欧阳修简介
57　欧阳修印象

　　欧阳修提倡平实文风,接续韩愈发起的"古文运动",终成一代文坛领袖。欧阳修的德行与文采非常令人钦佩,他还是一位非常务实并且善于谋划长治久安的官员。

62　欧阳修诗文赏读
　62　《释秘演诗集》序
　67　丰乐亭记
　72　戏答元珍
　75　和王介甫明妃曲二首

王安石篇/81

82　王安石简介
83　王安石印象

　　王安石这个名字是与变法连在一起的,他以天下为己任,立志要富国强兵。同时,他又是一位讲究修辞炼字的才子,千古名句"春风又绿江南岸,明月何时照我还"中的"绿"字,可谓绝妙创意之作。

87　王安石诗文赏读
　87　同学一首别子固
　92　游褒禅山记
　98　夜直
　100　元丰行示德逢

苏洵篇/105

- 106　苏洵简介
- 107　苏洵印象

　　苏洵是唐宋八大家中唯一没有科举功名、成名最晚、官位最低的文学家。但是，他教子有方，堪称家庭教育成功的典范；他的思想解放，致力于古文研究，主张文章应"有为而作""言必中当世之过"，文章要写"胸中之言"。

- 111　苏洵诗文赏读
  - 111　心术
  - 118　张益州画像记
  - 124　九日和韩魏公
  - 127　游嘉州龙岩

苏轼篇/131

- 132　苏轼简介
- 133　苏轼印象

　　真的无法想象，一位擅长挥毫弄墨的文人，一个喜爱炖肉的美食家，一名乐于对酒当歌的雅士，与披蓑衣、穿草鞋、奔波于泥水之中几个月的官员，竟是同一个苏东坡。

- 143　苏轼诗文赏读
  - 143　刑赏忠厚之至论
  - 149　放鹤亭记
  - 155　辛丑十一月十九日既与子由别于郑州西门之外，马上赋诗一篇寄之
  - 158　游金山寺

苏辙篇/163

164 **苏辙简介**

165 **苏辙印象**

  他从不看人脸色行事，从不计较个人利益得失，他就是"明月几时有，把酒问青天"的苏学士的弟弟。苏辙的很多真知灼见，得不到朝廷的重视和采纳，但他还是一如既往地建言献策。

170 **苏辙诗文赏读**

  170 六国论

  176 黄州快哉亭记

  182 宛丘二咏并叙

  185 游西湖

曾巩篇/189

190 **曾巩简介**

191 **曾巩印象**

  如果你以为曾巩仅仅是位文章高手，那就有些片面化了。他既是一位务实的官员，又是一位能体恤百姓困苦、善解百姓之忧、保一方平安的实干家。

194 **曾巩诗文赏读**

  194 寄欧阳舍人书

  201 赠黎、安二生序

  206 凝香斋

  208 多景楼

后记/212

遇见
唐宋八大家

韩愈篇

韩愈简介

韩愈(768—824),字退之,河南河阳(今河南孟州南)人,自谓郡望昌黎(今辽宁义县),世称韩昌黎。韩愈三岁的时候父亲去世,他寄住在堂兄家里,自幼用功读书,研习经史百家。他于贞元八年(792)进士及第,历任监察御史、国子博士、刑部侍郎。元和十四年(819),他因上书谏阻唐宪宗迎佛骨,被贬为潮州(今属广东)刺史。唐穆宗即位后,他被召入朝,拜国子祭酒,晚年官至吏部侍郎。韩愈于长庆四年(824)病逝,谥号"文",世称韩文公,著有《昌黎先生集》。

韩愈与柳宗元倡导"古文运动",推崇先秦两汉质朴无华、气势雄健的散文,摒弃六朝以来讲究对偶、声律和藻饰的骈文。他提出的"文道合一""务去陈言"等散文的写作理论,对后世的影响很大。苏轼称他"文起八代之衰",他被尊为"唐宋八大家"之首,有"文章巨公"和"百代文宗"之名。

韩愈印象

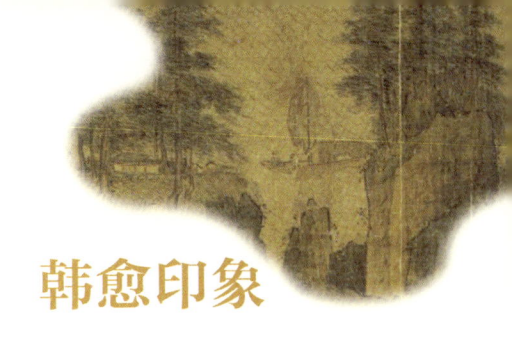

重新唤起对韩愈的兴趣是2019年初至广东潮州。得知我第一次到潮州,出租车司机热情地向我介绍潮州的名胜古迹和风土人情。他介绍的第一个景点是韩文公祠,他说韩愈在潮州做官、办学校,给当时不开化的潮州带去了文化,很多人开始读书,后来有人还考取功名做官,牌坊街上的牌坊都有记载。

元和十四年(819),韩愈因谏阻唐宪宗迎佛骨,被贬为潮州刺史,正月十四日从京城长安(今陕西西安)起程,三月二十五日抵达潮州,同年十月底离开潮州调任袁州(今属江西)刺史。

让人感到好奇的是,韩愈在潮州为官的时间满打满算只有八个月,1200年后的潮州人仍对他感恩戴德。他在潮州到底干了些什么?八个月的时间他能够干些什么呢?

纵观史料,韩愈在潮州做了四件事:(一)驱赶鳄鱼。当时的潮州,鳄鱼频繁出没,百姓深受其害。韩愈组织猎户驱赶鳄鱼,没过多久便解决了鳄鱼之患。(二)关心农桑。韩愈在潮州积极发展农桑,为解决百姓温饱问题打下基础。(三)释放奴隶。当地很多贵族把穷苦百姓的子女当奴隶,韩愈解救了这些奴隶。(四)重文兴学。潮州所处的地理位置比较偏僻,百姓读书识字的不多,韩愈在潮州兴办学校,教化子民,开启民智。文化的力量,有力推动了潮州经济社会的发展。一代又一代潮州人由此而感激韩愈,直至今日。北宋时期由潮州人修建的潮州韩文公祠保留至今,潮州市有不少以韩愈命名的街巷或山水,如位于潮州古城中心区的昌黎路、潮州的母亲河韩江、韩江之畔的韩山等。

再说回韩愈贬官潮州刺史一事。韩愈有一首诗《左迁至蓝关示侄孙湘》就记录了这一事件:"一封朝奏九重天,夕贬潮州路八千。"这件事对韩愈来说是一生中最大的事情。当时,凤翔(今属陕西)法门寺有座护国真身塔,传闻塔内有释迦文佛的一节指骨,可以书写经文传布佛法,这座塔三十年开启一次,塔开时便年丰人泰。元和十四年正月,唐宪宗命杜英奇带领宫人三十人,手持香花,迎接佛骨,从光顺门进入皇宫,留在宫中三日,然后送往各寺。王侯、公卿、士大夫及平民百姓,人人奔走迎送,施舍钱财,唯恐落在他人之后。百姓中有人不惜耗尽家产、灼烧头顶和手臂以求供养佛骨。韩愈便上疏劝谏这件事。唐宪宗看了韩愈的奏章后大怒,要将韩愈处死。裴度、崔群进谏说:"韩愈虽然言语冒犯,应该惩罚,但是他一片忠心,怎么可以杀忠臣呢?希望皇上对他从宽处置。"唐宪宗说:"韩愈说自东汉信奉佛教以来,天子都短命,这不是在咒我吗?决不可赦免死罪!"后来替韩愈说情的人太多,韩愈最终免于死罪,被贬为潮州刺史。

韩愈虽然是一名文官,却胆识过人。唐穆宗时,镇州(今属河北)发生兵变,节度使田弘正被部将王廷凑杀死,唐穆宗命韩愈前去招抚。韩愈出发后,朝廷大臣都为韩愈的性命担忧,唐穆宗也觉得有危险,传令让韩愈便宜行事。但韩愈还是直接进入乱军帐中,面对全副武装的士兵他也没有胆怯,与王廷凑侃侃而谈,晓之以大义。王廷凑听从了韩愈的劝告,释放了被他拘押的朝廷将领牛元翼,答应归顺朝廷。韩愈独自平息了一场战乱,唐穆宗很高兴,任命韩愈为吏部侍郎。

韩愈的学问非常扎实。韩愈三岁时丧父,被寄养在堂兄家中。韩愈很清楚自己的处境,从小就学习经史百家,从来不需要别人督促。后来,他果然进士及第,文章在当时非常知名。韩愈对文章写作有独到的见解,他认为六朝以来讲求对偶、声律及藻饰的骈文较为媚俗,尤推崇"古文"。"古文"这一概念由韩愈最先提出,在当时指的是先秦两汉时期的散文。

韩愈提倡古文、反对骈俪,将改革文风与复兴儒学相结合,强调文以明道。韩愈的好友柳宗元与韩愈观点一致,在两人的身体力行下,一场轰轰烈烈的"古文运动"拉开帷幕。这场"古文运动"从唐代延续到宋代,代表人物有唐代的韩愈、柳宗元以及宋代的欧阳修、王安石、苏洵、苏轼、苏辙、曾巩等人,他们的创作成就卓著,确立了质朴自然、平易畅达的散文传统,对后世影响深远。

很多年前读韩愈的文章,印象最深的是那句"惟陈言之务去"(别人已用过的词、说过的话,不要刻意袭用),几十年来一直以此要求自己,虽然还不能百分之百做到,也已经受用不浅。

韩愈诗文赏读

送温处士赴河阳军序

"伯乐一过冀北之野,而马群遂空。"夫冀北马多天下,伯乐虽善知马,安能空其群邪?解之者曰:"吾所谓空,非无马也,无良马也。伯乐知马,遇其良辄取之,群无留良焉。苟无良,虽谓无马,不为虚语矣。"

东都,固士大夫之冀北也。恃才能深藏而不市者,洛之北涯曰石生,其南涯曰温生。大夫乌公以铁钺镇河阳之三月,以石生为才,以礼为罗,罗而致之幕下。未数月也,以温生为才,于是以石生为媒,以礼为罗,又罗而致之幕下。东都虽信多才士,朝取一人焉,拔其尤,暮取一人焉,拔其尤,自居守、河南尹,以及百司之执事,与吾辈二县之大夫,政有所不通,事有所可疑,奚所咨而处焉?士大夫之去位而巷处者,谁与嬉游?小子后生,于何考德而问业焉?缙绅之东西行过是都者,无所礼于其庐。若是而称曰:"大夫乌公一镇河阳,而东都处士之庐无人焉!"岂不可也?

夫南面而听天下,其所托重而恃力者,唯相与将耳。相为天子得人于朝廷,将为天子得文武士于幕下,求内外无治,不可得也。愈縻于兹,不能自引去,资二生以待老。今皆为有力者夺之,其何能无介然于怀邪?生既至,拜公于军门,其为吾以前所称,为天下贺;以后所称,为吾致私怨于尽取也。

留守相公首为四韵诗歌其事,愈因推其意而序之。

〔注释〕

温处士:温造(766—835),字简舆,号水南山人,并州祁(今山西祁县东南)人。处士,未做官的读书人。序:古代一种临别赠言性质的文体,叫作"赠序"。伯乐:春秋秦穆公时人,善相马。冀北:冀州之北,在今河北、山西一带,相传冀北出良马。东都:今河南洛阳。石生:石洪(771—812),字濬川,洛阳(今属河南)人。温生:温造。乌公:乌重胤(761—827),张掖(今属甘肃)人,元和五年(810)任河阳节度使、御史大夫。铁钺(fū yuè):同"斧钺",古代的两种兵器。司:官署。二县:洛阳县、河南县,韩愈时任河南县令。缙绅(jìn shēn):古代官员将笏(hù)插于绅带间,故称有官职或做过官的人为缙绅。南面:指皇帝,皇帝接见群臣时面向南而坐。縻(mí):牵制,束缚。介然:形容有心事。

元和五年（810），河阳节度使、御史大夫乌重胤接连招揽洛阳隐士石洪和温造。东都留守郑余庆写了一首诗歌颂这件事，时任河南县令的韩愈揣摩诗意，写了一篇赠序给温造，就是《送温处士赴河阳军序》一文。

这篇文章以比喻作开端，从一个特殊的角度来看"伯乐相马"的故事。据说伯乐经过冀北的郊野，马群为之一空。但冀北有天下最多的马，伯乐再擅长相马也不可能把马都带走，为什么说马群为之一空呢？有人解释道，因为伯乐把良马都带走了，冀北的马群中没了良马，说没有马也不算诳语。

东都洛阳士大夫云集，正如良马众多的冀北。其中有两位身怀大才却选择隐居不做官的人，即洛水北岸的石洪和洛水南岸的温造。石洪被乌重胤请入幕府后，仅过了几个月，就受托前去引荐温造。短时间内流失两位人才，韩愈认为，这会让当地受到极大的影响：东都留守、河南尹及各部门的主管官员，还有洛阳、河南两县的县令，该去哪里找人咨询政事呢？辞去官职而闲居里巷的人与谁交往呢？当地的后辈找谁请教学业呢？就连路过东都的官员也无法去这二位府上拜访了。这就好比伯乐经过冀北之野，马群为之一空，乌公镇守河阳以来，东都处士的居所也就空无一人了。

韩愈本人也颇有"怨言"。他先阐述当下背景：天子倚重宰相和将军，宰相求得贤人进朝廷，将军求得谋士和武将入幕府，使天下内外都得到治理，这是值得天下人为之庆贺的事。他接着表明自己公务缠身无法引退，本想仰仗石洪、温造的帮助直到告老还乡，现在他们都被有权势的人网罗而去，故而颇有些耿耿于怀。

韩愈看似埋怨人才被抢走，其实阐明了治理天下与选贤举能之间的关系，对乌公的求贤若渴、慧眼识才表示欣慰，对石、温二人的出众才能表示赞赏。韩愈同时期还写过另外一篇赠序——《送石处士序》，是写给石洪的，两篇文章的主题相似。虽有不舍和遗憾，但韩愈对二人怀才得遇是十分欣喜的。

◎ 广东潮州牌坊街：四进士坊（司马一民摄）

柳子厚墓志铭

子厚讳宗元,七世祖庆,为拓跋魏侍中,封济阴公。曾伯祖奭,为唐宰相,与褚遂良、韩瑗,俱得罪武后,死高宗朝。皇考讳镇,以事母,弃太常博士,求为县令江南。其后以不能媚权贵,失御史。权贵人死,乃复拜侍御史,号为刚直,所与游皆当世名人。

子厚少精敏,无不通达。逮其父时,虽少年,已自成人,能取进士第,崭然见头角,众谓柳氏有子矣。其后以博学宏词,授集贤殿正字。俊杰廉悍,议论证据今古,出入经史百子,踔厉风发,率常屈其座人。名声大振,一时皆慕与之交。诸公要人,争欲令出我门下,交口荐誉之。

贞元十九年,由蓝田尉拜监察御史。顺宗即位,拜礼部员外郎。遇用事者得罪,例出为刺史。未至,又例贬永州司马。居闲,益自刻苦,务记览,为词章,泛滥停蓄,为深博无涯涘,而自肆于山水间。

元和中,尝例召至京师;又偕出为刺史,而子厚得柳州。既至,叹曰:"是岂不足为政邪?"因其土俗,为设教禁，州人顺赖。其俗以男女质钱，约，不时赎，子本相侔，则没为奴婢。子厚与设方计，悉令赎归。其尤贫力不能者，令书其佣，足相当，则使归其质。观察使下其法于他州，比一岁，免而归者且千人。衡湘以南为进士者，皆以子厚为师，其经承子厚口讲指画为文词者，悉有法度可观。

其召至京师而复为刺史也，中山刘梦得禹锡亦在遣中，当诣播州。子厚泣曰："播州非人所居，而梦得亲在堂，吾不忍梦得之穷，无辞以白其大人；且万无母子俱往理。"请于朝，将拜疏，愿以柳易播，虽重得罪，死不恨。遇有以梦得事白上者，梦得于是改刺连州。呜呼！士穷乃见节义。今夫平居里巷相慕悦，酒食游戏相征逐，诩诩强笑语以相取下，握手出肺肝相示，指天日涕泣，誓生死不相背负，真若可信；一旦临小利害，仅如毛发比，反眼若不相识；落陷阱，不一引手救，反挤之又下石焉者，皆是也。此宜禽兽夷狄所不忍为，而其人自视以为得计。闻子厚之风，亦可以少愧矣。

子厚前时少年，勇于为人，不自贵重顾藉，谓功业可立就，故坐废退。既退，又无相知有气力得位者推挽，故卒死于穷裔。材不为世用，道不行于时也。使子厚在台省时，自持其身，已能如司马、刺史时，亦自不斥；斥时，有人力能举之，且必复用不穷。然子厚斥不久，穷不极，虽有出于人，其文学辞章，必不能自力，以致必传于后如今，无疑也。虽使子厚得所愿，为将相于一时，以彼易此，孰得孰失，必有能辨之者。

子厚以元和十四年十一月八日卒，年四十七。以十五年七月十日，归葬万年先人墓侧。子厚有子男二人：长曰周六，始四岁；季曰周七，子厚卒乃生。女子二人，皆幼。其得归葬也，费皆出观察使河东裴君行立。行立有节概，重然诺，与子厚结交，子厚亦为之尽，竟赖其力。葬子厚于万年之墓者，舅弟卢遵。遵，涿人，性谨慎，学问不厌。自子厚之斥，遵从而家焉，逮其死不去。既往葬子厚，又将经纪其家，庶几有始终者。

铭曰："是惟子厚之室，既固既安，以利其嗣人。"

〔注释〕

柳子厚：柳宗元(773—819)，字子厚，河东解县(今山西运城西南)人。墓志铭：古代文体的一种，叙述死者姓氏、籍贯、生平等或写对死者的赞扬、悼念或安慰之词，刻石纳入墓内或置于墓旁，既表示对死者的纪念，也便于后人阅知。讳：死者名称讳。七世祖庆：柳庆(517—566)，北魏封为济阴公。拓跋魏侍中：北魏门下省长官。曾伯祖奭(shì)：柳奭(？—659)，唐高宗李治王皇后的外祖父，曾任中书令。

褚遂良(596—658或659)：字登善，钱塘(今浙江杭州)人，曾任中书令。韩瑗(606—659)：字伯玉，雍州三原(今属陕西咸阳)人，曾任宰相。皇考：死去的父亲。太常博士：太常寺掌管宗庙礼仪的属官。侍御史：御史台属官，职掌纠察百官、审讯案件。博学宏词：科举考试中临时设置的考试科目，为制科之一种。唐代进士及第后还要参加博学宏词科考选，取中后方授予官职。清代改称博学鸿词。集贤殿正字：职掌编校典籍、刊正文字。集贤殿，集贤殿书院，职掌辑刊经籍、搜求佚书。蓝田尉：蓝田(今属陕西)县尉。县尉，职掌县府治安、缉捕盗贼。监察御史：御史台属官，职掌监察百官、巡按郡县、纠视刑狱、肃整朝仪。礼部员外郎：职掌礼乐、祭祀、学校、贡举之法。永州：今属湖南。司马：州刺史属下掌管军事的副职，实际是有职无权的冗员。停蓄：文笔凝练。涯涘(sì)：边际。柳州：今属广西。教禁：教谕和禁令。观察使：朝廷派往地方掌管监察的官员。衡湘：岭南地区。中山刘梦得禹锡：刘禹锡(772—842)，字梦得，洛阳(今属河南)人，曾任监察御史，因参与"永贞革新"而被贬职。播州：今属贵州。连州：今属广东。征逐：频繁往来。推挽：提携。穷裔(yì)：穷困偏远的地方。万年：今属陕西西安。周七：柳告，字用益，柳宗元遗腹子。裴君行立：裴行立(774—820)，绛州稷山(今属山西)人，时任桂管观察使，是柳宗元的上司。

元和十四年（819）十一月初八，柳宗元去世，终年四十七岁。韩愈受柳家所托，于第二年完成了《柳子厚墓志铭》。按惯例，墓志铭开头应写明墓主人官衔，而这篇碑铭却从头到尾都称柳宗元为"子厚"。古人"朋友相呼以字"，可见韩愈与柳宗元的友情之深，全文也以"友情"为线索写就。

　　全文先介绍柳宗元的家世背景。柳宗元的七世祖柳庆、曾伯祖柳奭、父亲柳镇都担任过显赫的官职，有贬官、被赐死的不幸遭遇，也不乏孝顺、刚正不阿的事迹，为下文写柳宗元的种种际遇和品格作铺垫。

　　再说柳宗元本人，他少时就聪明机敏，一点即通。父亲在世时，他已考中进士，大家赞道："柳家后继有人。"通过博学宏词科考试后，他得到了集贤殿书院正字的官职。他才能出众，敢于表达观点，并能旁征博引古今事例与典籍，令人折服，由此名声大噪，人们纷纷希望与他交往，达官贵人也交口称赞，争着收他为门生。在这里，韩愈其实是为柳宗元生前参加政治集团辩解：并不是柳宗元巴结权贵，而是权贵们想拉拢他。

　　顺着柳宗元的人生轨迹，韩愈一笔带过他升迁和贬谪的跌宕经历，重点讲他的文章、政绩与道德。贬谪永州期间，虽未到任就又降职，柳宗元却更刻苦读书，潜心诗文,表现出卓越的文学才能。外放柳州期间,柳宗元制定了教谕和禁令,教化百姓,其中破除当地以男女质钱的陋俗一事尤为人称道,表现出杰出的为政才能。

柳宗元对百姓十分爱护,对后辈、友人也热心帮忙。经他指点的后辈,写出的文章都是合乎规范的。柳宗元对朋友情深义重,当听闻一同被召回京的刘禹锡被外放任播州刺史,他以刘禹锡要赡养母亲为由,准备向朝廷上书,愿用自己柳州刺史的职位换取刘禹锡的播州刺史职位。此事还突出表现了柳宗元的孝道,他的父亲也曾因要侍奉母亲而宁愿选择低职级官位,由此他能够推己及人。韩愈对柳宗元在穷困中显示出的节操和义气大为赞赏,同时贬斥了当时重利轻义的世风:有些人平日里互相讨好,聚在一起吃喝玩乐,夸夸其谈、强作笑脸,握手相对、掏心掏肺,还发誓不论生死都互不背弃;一旦遇到头发丝般细小的利益,便翻脸不认人,甚至对朋友落井下石。

夹叙夹议地讲完柳宗元的生平后,韩愈评价了柳子厚一生的得与失。柳宗元年轻的时候乐于帮助别人(此处也是为他加入政治集团辩解),不看重自己的利益,以致受牵连而接连被贬。如果他在御史台、尚书省做官时,能约束自己、收敛锋芒,就像做司马、刺史时那样,也许最后不会穷困地死于偏僻之地。被贬谪后,他没有遇到贵人提携,否则就能被再次任用,才干为世所用,抱负也能得以施展。然而,如果被贬斥的时间不长,没有穷困至极,想必他也不会在文章上下功夫,从而写出流传后世的佳作。选择一时的出将入相、死后无名,还是生前困顿、成就千古文章?得与失,自然有人能辨别。

最后,说回柳宗元归葬事宜,介绍了卒葬、子嗣等,这些都是墓志铭里不可缺少的。出丧葬费用的是观察使裴行立,他为人有气节、重信用,与柳宗元相知相交。安葬柳宗元的是其表弟卢遵。卢遵性情谨慎,追求学问,从柳宗元被贬斥后一直追随他,直到柳宗元去世也没有离开他家,并准备照顾其家人,可谓有始有终。写裴行立和卢遵安排柳宗元的身后事,同样紧扣友情这条线,表现出韩愈对柳宗元家人的关切之情。

韩愈给柳宗元的铭文只有短短三句:"这是子厚的幽室,既牢固又安适,有利于子厚的子孙。"柳宗元生前在永州时就担心无后,过世时,他的儿女都十分年幼,有一个甚至是他去世后才出生的。这三句简短的铭文其实是对柳宗元最大的安慰,可见韩愈对柳宗元的理解和真挚情意。

⊙广东潮州韩江上的广济桥（司马一民摄）

李花赠张十一署

江陵城西二月尾,花不见桃惟见李。
风揉雨练雪羞比,波涛翻空杳无涘。
君知此处花何似?
白花倒烛天夜明,群鸡惊鸣官吏起。
金乌海底初飞来,朱辉散射青霞开。
迷魂乱眼看不得,照耀万树繁如堆。
念昔少年著游燕,对花岂省曾辞杯。
自从流落忧感集,欲去未到思先回。
只今四十已如此,后日更老谁论哉?
力携一樽独就醉,不忍虚掷委黄埃。

〔注释〕

张十一署:即张署(生卒年不详),河间(今属河北)人,曾任刑部侍郎、虔州(今属江西)和澧州(今属湖南)二州刺史等。此时,韩愈与张署同在江陵府(今属湖北)任参军。

十一,张署在家排行十一。雪羞比:指李花白得胜过白雪。倒烛:光从下往上照。金乌:中国古代神话中的神鸟,又称三足乌,生活在太阳中。朱辉:红霞。青霞:青云。燕:同"宴"。樽:盛酒器。虚掷:虚度光阴。黄埃:黄色的尘土。

韩愈的这首诗写于元和元年(806)二月,当时他在江陵府任参军。张署和韩愈曾同在京城为官,后同贬南荒,又同遇大赦到江陵府任参军闲职,两人关系较好。张署写有《赠韩退之》一诗:"九疑峰畔二江前,恋阙思乡日抵年。白简趋朝曾并命,苍梧左宦一联翩。鲛人远泛渔舟水,鹎鸟闲飞露里天。涣汗几时流率土,扁舟西下共归田。"这首诗流露出张署想和韩愈一起"归园田居"的意思。

元和元年二月的一个夜晚,韩愈约张署去江陵城西郊观赏李花,张署因病没有去,韩愈便独自前往。在这个时节,看不到红色的桃花,只有白色的李花遍地开。成片的李花,经春风吹拂和春雨滋润,比雪还要白,如同波浪一样,望过去无边无际。张署若是同游,韩愈定会向他发问:"您知道这里的李花像什么吗?"

白色的李花把黑夜都照亮了,农户家的群鸡以为天亮了,纷纷打鸣,引得官吏们以为到了该去衙门的时刻而赶快起床。不久,承载着金乌的太阳从海底升起,红霞驱散了青云。成堆的李花被阳光照射,白得让人睁不开眼。韩愈见此美景,不禁回想起少年时候,游赏宴乐,对着美丽的春花哪里肯推辞美酒;自从被贬逐,常怀忧心,往往还没到赏花之处就已没了心情,想着返回了。已过不惑之年的韩愈,一边感慨着面对繁花却无心观赏的现况,一边担心年老后这份心情会更加无处倾诉。"我宁愿独自喝醉酒,也实在不忍心将年华抛入黄土之中。"韩愈发出了这样的感叹。赏花归来,他写下了这首诗,寄给张署。

韩愈没有选择在阳光明媚、风和日丽的白天去赏花,而选择在夜晚前往,这是否与他被贬的落寞心情有关?洁白的李花与黑夜形成了强烈的反差,这是否也暗喻着这位品行高洁之士与污浊的官场之间的反差?

韩愈行文一向雄健,即便作诗也少有柔美之句,在这首诗里,他对李花的描写也算难得,虽然只有短短几句,亦可见内心的柔软。

调张籍

李杜文章在,光焰万丈长。
不知群儿愚,那用故谤伤!
蚍蜉撼大树,可笑不自量。
伊我生其后,举颈遥相望。
夜梦多见之,昼思反微茫。
徒观斧凿痕,不瞩治水航。
想当施手时,巨刃磨天扬。
垠崖划崩豁,乾坤摆雷硠。
唯此两夫子,家居率荒凉。
帝欲长吟哦,故遣起且僵。
剪翎送笼中,使看百鸟翔。
平生千万篇,金薤垂琳琅。
仙官敕六丁,雷电下取将。
流落人间者,太山一毫芒。
我愿生两翅,捕逐出八荒。
精诚忽交通,百怪入我肠。

刺手拔鲸牙,举瓢酌天浆。
腾身跨汗漫,不着织女襄。
顾语地上友:经营无太忙!
乞君飞霞佩,与我高颉颃。

〔注释〕

调:戏谑。张籍(约767—约830):字文昌,苏州(今属江苏)人,唐代诗人,历任太常寺太祝、水部员外郎、国子司业等。群儿:指"谤伤"李白、杜甫的人。蚍蜉:常在树木根部筑巢的蚁类。划:劈开。雷硠(láng):山崩声。金薤(xiè):倒薤书体的美称,这里用于称赞李白、杜甫诗篇之美。倒薤,一种篆书书体名。琳琅:精美的玉石。六丁:与后文的"雷电"均为传说中的天神。八荒:古人认为九州在四海之内,四海在八荒之内。汗漫:广漠无边。地上友:指张籍。经营:指构思诗篇。颉颃(xié háng):鸟上下飞翔。

韩愈的这首诗写于元和十年(815)前后,距离李白(701—762)离世53年,距离杜甫(712—770)离世45年。李白、杜甫所处的时代,是一个诗人辈出的时代,"边塞四诗人""饮中八仙"等群星璀璨。时人对于众多出类拔萃的诗人,很难以一定的标准来排序,往往因个人的喜好而推崇某位诗人或某种风格。即便对于李白与杜甫,当时也有"扬李抑杜"与"扬杜抑李"之说。

中唐时期,元稹和白居易崛起,新乐府兴盛,诗风与盛唐时期有很大的不同。虽然在韩愈以前的唐代诗人中,李白和杜甫名声很大,但后学之辈厚今薄古也在所难免。

韩愈在这首诗中极力赞美李白和杜甫,似乎为李白和杜甫没有在中唐时期被文人们推崇备至而不平:李白、杜甫的诗篇留存于世,这些诗篇发出万丈光芒。那些愚昧无知的人,怎么能够诋毁他们呢?就像小小的蚂蚁妄想撼动大树,那简直是不自量力。

在韩愈看来,李白和杜甫的成就可与大禹劈山治水相比。如今人们虽然已经不可能看到当年大禹治水的情形,但仍可以想象大禹挥斧劈山,凿开峭壁,被阻遏的洪水在山崩地裂的巨响中倾泻而出的景象。这一景象与后人阅读李白、杜甫的诗歌时所想象到的情景是多么相似。李白、杜甫现在备受冷落,也许是上天为了成就他们,故意让他们崛起而又困顿。他们犹如被剪断羽毛的笼中鸟,无奈地看着天地间百鸟自由飞翔。他们一生写下的万千诗篇,美如玉石,但很多诗篇都被仙官神兵收去了,流传在人间的仅仅是泰山之毫末。偏爱李白、杜甫诗歌的韩愈,多么想插上双翅去追随他们,飞出四海,去往八方荒远之地:拔出大海中鲸的利齿,畅饮天宫中的仙酒,遨游于天地之间,发出天籁之音,不屑于穿织女所织的天衣。若能与李白、杜甫神魂相交,美妙的诗意便会沁入心中。诗末,韩愈对他的朋友张籍说,不要老是苦思冥想求佳句,还是和他一起追随先贤李白、杜甫,在他们的感召之下,在诗歌的广阔天地中翱翔。

  韩愈在这首诗的开头六句中对李白、杜甫的诗歌作出高度评价并讥斥"谤伤"李白、杜甫的"群儿"之后,便以匪夷所思的奇特想象和波澜壮阔的笔势,热情赞美了李白、杜甫诗歌的神采卓然,表现出自己对他们的极度钦慕。本诗比喻之贴切、形象之新颖、气势之磅礴、境界之瑰丽,是为一绝。

◎广东潮州韩文公之祠,韩愈曾为潮州刺史(司马一民摄)

遇见
唐宋八大家

柳宗元篇

柳宗元简介

柳宗元(773—819),字子厚,河东解县(今山西运城西南)人,生于官宦之家,七世祖柳庆为北魏侍中,封济阴公,曾伯祖柳奭曾任中书令,父亲柳镇曾任侍御史。柳宗元幼时受母亲启蒙,喜读诗书,后随父亲宦游,读书交友甚广。他于贞元九年(793)进士及第,做过秘书省校书郎、集贤殿书院正字、蓝田(今属陕西)尉、监察御史、礼部员外郎等。唐顺宗重用王叔文、王伾等人推行"永贞革新",柳宗元积极参与,"永贞革新"失败后被贬为邵州(今属湖南)刺史,赴任途中被加贬为永州(今属湖南)司马。在永州的十年,柳宗元游历永州山水,写下著名的"永州八记"。元和九年(814),柳宗元按例被召回京,第二年又被贬为柳州(今属广西)刺史。柳宗元与韩愈共同倡导"古文运动",并称"韩柳",著有《河东先生集》。

柳宗元印象

年轻时读柳宗元的文章,印象比较深的是"永州八记"。那些隽永的游记,描写山水细致入微,读来如同身临其境,轻松有趣。后来读《柳宗元传》,才知道这些看似轻松的游记里包含着多少愤懑、多少无奈,还有多少自我排遣。

柳宗元的家境很好,从祖上到他父亲都是高官,耳濡目染的熏陶和良好的教育,使他从小就确立了治国平天下的远大志向。他二十一岁中进士,二十六岁通过博学宏词科考选即被授予集贤殿书院正字之职,二十九岁为蓝田尉,可谓年轻有为。永贞元年(805)正月,王叔文、王伾受命推行"永贞革新"。王叔文特别看重柳宗元,常常将他悄悄引入禁宫一起商议政事,并提拔他为礼部员外郎。三十二岁的柳宗元踌躇满志,似乎可以在政坛大展身手。谁知天有不测风云,当年八月初五发生"永贞内禅",唐顺宗被迫禅位给太子李纯。唐宪宗李纯即位后立即打击以王叔文和王伾为首的革新派,贬王叔文为渝州(今属重庆)司户、王伾为开州(今属重庆)司马,王伾到任不久后病死,王叔文不久也被赐死。热闹了180多天的"永贞革新"以失败告终,参与"永贞革新"的一批官员逐一被贬。当年九月,柳宗元被贬为邵州刺史,十一月,在赴任途中,又被加贬为永州司马。在那个年代,州司马是个无所事事的闲职,通常用来安置获罪的官员;而被贬到偏僻州任司马的获罪官员,往往被皇帝或宰相排斥,柳宗元也是如此。从三十二岁到四十二岁,正是人生干事业的大好年华,柳宗元却在偏僻的永州闲居十年,心中的苦闷可想而知。即便如此,柳宗元没有自暴自弃,而是纵情于永州的山山水水,在大自然中寻求心理安慰,"永州八记"就是他十年自我"疗伤"的记录,可谓"穷则独善其身"。虽然如此,他仍想着有机会能"达则兼济天下",尤显士人风骨。

十年之后,柳宗元有了"达则兼济天下"的机会。元和九年(814),朝廷按例召回柳宗元那一批参与"永贞革新"被贬的官员,可第二年又一次把他们贬为偏僻州的刺史,柳宗元为柳州刺史。虽然还是被贬往偏僻之州,但是刺史毕竟与司马不同,是一州的最高长官,有职有权。

柳宗元在柳州也算做成了一件大事。柳州有一个由来已久的陋俗,缺钱的人家往往把自家的子女作为抵押物向有钱人借钱。如果借钱人到了还款期没有钱还债,债主就可以把抵押物(借钱人的子女)收为奴婢。柳宗元下决心破除这个陋俗,推行以工抵债,等到工钱与债务相等时,双方解除债务关系,从此两不相欠。

柳州等偏僻州的教育资源匮乏,柳宗元的到来,引来很多向他求教的读书人。对此,柳宗元不计名利,不遗余力地传播文化。

还有一件事可见柳宗元的节义。元和十年(815),刘禹锡与柳宗元一同被贬为偏僻州的刺史,刘禹锡去的是播州(今属贵州)。诏书下达时,柳宗元和同僚说:"刘禹锡母亲年迈,行动不便,此去西南,有几千里的路程,他母亲怎么吃得消?如果他母亲不去,母子天各一方,可能就是永别了。我打算写奏章,请求把我的柳州刺史一职和刘禹锡的播州刺史一职交换。"这些话被传到皇帝那里,恰好宰相裴度也奏请照顾刘禹锡母子,所以朝廷下令改授刘禹锡为连州(今属广东)刺史。

柳宗元诗文赏读

箕子碑

凡大人之道有三：一曰正蒙难，二曰法授圣，三曰化及民。殷有仁人曰箕子，实具兹道以立于世，故孔子述六经之旨，尤殷勤焉。

当纣之时，大道悖乱，天威之动不能戒，圣人之言无所用。进死以并命，诚仁矣，无益吾祀，故不为。委身以存祀，诚仁矣，与亡吾国，故不忍。具是二道，有行之者矣。是用保其明哲，与之俯仰；晦是谟范，辱于囚奴；昏而无邪，隤而不息；故在《易》曰"箕子之明夷"，正蒙难也。及天命既改，生人以正，乃出大法，用为圣师，周人得以序彝伦而立大典；故在《书》曰"以箕子归，作《洪范》"，法授圣也。及封朝鲜，推道训俗，惟德无陋，惟人无远，用广殷祀，俾夷为华，化及民也。率是大道，丛于厥躬，天地变化，我得其正，其大人欤？

呜乎！当其周时未至，殷祀未殄，比干已死，微子已去，向使纣恶未稔而自毙，武庚念乱以图存，国无其人，谁与兴理？是固人事之或然者也。然则先生隐忍而为此，其有志于斯乎？

　　唐某年，作庙汲郡，岁时致祀，嘉先生独列于《易》象，作是颂云：蒙难以正，授圣以谟。宗祀用繁，夷民其苏。宪宪大人，显晦不渝。圣人之仁，道合隆污。明哲在躬，不陋为奴。冲让居礼，不盈称孤。高而无危，卑不可逾。非死非去，有怀故都。时诎而伸，卒为世模。《易》象是列，文王为徒。大明宣昭，崇祀式孚。古阙颂辞，继在后儒。

〔注释〕

　　箕子：名胥余，商纣王的叔父，因封地在箕（今山西太谷东），称箕子。谟：谋划。隤（tuí）：崩坠。明夷：卦名，意为暗君在上、明臣在下，明臣不露智慧。彝（yí）：法度，常规。《洪范》：相传为禹时法典，箕子增订后献给周武王。丛：聚集。厥：其他。殄（tiǎn）：灭绝。武庚：名禄父，商纣王之子。周武王灭商后，封武庚于商王畿部分之地以存殷祀。武王死，武庚与管叔、蔡叔、霍叔"三监"发动叛乱，被周公所杀。汲郡：郡名，治所在今河南卫辉西南。

《箕子碑》是柳宗元为箕子庙写的碑文。

箕子是商纣王的叔父,任太师。纣王淫乱暴虐,箕子多次劝谏反遭囚禁,直到周武王灭商后才被释放。此后,箕子向周武王陈述《洪范》,提出治国理政的各项政治经济原则,并远走朝鲜,建立箕子王朝。

围绕箕子"劝纣王""作《洪范》""建王朝"的事迹,柳宗元在碑文中高度赞扬了箕子既忠贞又富有政治智慧,还能够忍辱负重,进而实现理想抱负。

文章开篇提出了道德高尚者(大人)的三条处世准则,即"正蒙难""法授圣""化及民",而箕子的三大事迹正彰显了这三条准则,表明他是一个当之无愧的"大人"。因此,孔子在讲述"六经"要义时,对箕子推崇备至,多次恳切地提及他。

第一,"正蒙难"。"正蒙难"指危难之时仍坚守正道,对应的是"劝纣王"。论证时,柳宗元先讲了比干和微子处于危难之时的做法。比干、微子、箕子都是商纣王时期的仁人,同样面对商纣王悖逆无道且劝谏无果,比干"进死以并命",被剖心而死;微子"委身以存祀",出走并降周;而箕子"保其明哲,与之俯仰;晦是谟范,辱于囚奴;昏而无邪,隤而不息",囚于牢笼,隐藏谋略,身虽卑微却未胡乱行事,地位没落仍忠心不灭。柳宗元在对比中凸显了箕子的睿智,并引用《易》中"箕子之明夷"的评价,加强论证效果。

第二,"法授圣"。"法授圣"指把治国之道传授给执政者,对应的是"作《洪范》"。殷商灭亡后,箕子虽不愿做新朝的臣子,但他明白"天命既改,生人以正",为天下百姓计,他将《洪范》传授给周武王,使得周朝得以确定社会秩序、建立朝廷法度。

第三,"化及民"。"化及民"指让万民受到教化,对应的是"建王朝"。箕子带领部分殷商遗民东渡朝鲜,在当地推行大道,教化百姓,使殷商文明得以延续,夷狄蛮荒之地也变得如同中华大地一般。

以上三层论述,脉络分明,事实清楚,是全文的中心段落。段末,柳宗元以反问句"其大人欤"强调箕子是一个道德高尚者,照应开头"凡大人之道有三",形成逻辑闭环。

最后,柳宗元抒发感慨,他说:"唉!周朝尚未建立而殷商尚未灭亡之时,比干已死,微子也已离去。假如纣王还没有恶贯满盈就自取灭亡,纣王之子武庚忧虑国亡而图谋保全宗庙社稷,此时国中已经没有贤明之人,谁来治理国家呢?从人事情理来说,这种情况也并非不可能出现。若真是这样,箕子能够隐忍受辱,大概是对此有所期待吧?"

柳宗元从小就有治国平天下的远大志向，自二十一岁中进士起，他便步步高升，三十二岁时已出任礼部员外郎，正准备在政坛大展身手，却因参与王叔文集团的"永贞革新"而获罪，接连被贬。他写此碑文时，很可能由箕子的遭遇联想到自己同样不逢明君、宏图难展的境遇。他从"殷祀未殄，谁与兴理"这一假设出发，在对箕子的隐忍、果敢、坚毅表达钦佩之情的同时，借箕子的事迹来勉励自己，寄托自己远大的政治抱负，抒发自己"虽不能至，心向往之"的感慨之情。

⊙广西柳州柳侯公园柳宗元塑像,柳宗元曾为柳州刺史(孟令昕摄)

永州韦使君新堂记

将为穹谷嵁岩渊池于郊邑之中,则必辇山石,沟涧壑,凌绝险阻,疲极人力,乃可以有为也。然而求天作地生之状,咸无得焉。逸其人,因其地,全其天,昔之所难,今于是乎在。

永州实惟九疑之麓。其始度土者,环山为城。有石焉,翳于奥草;有泉焉,伏于土涂。蛇虺之所蟠,狸鼠之所游,茂树恶木,嘉葩毒卉,乱杂而争植,号为秽墟。

韦公之来,既逾月,理甚无事。望其地,且异之。始命芟其芜,行其涂。积之丘如,蠲之浏如。既焚既酾,奇势迭出。清浊辨质,美恶异位。视其植,则清秀敷舒;视其蓄,则溶漾纡余。怪石森然,周于四隅。或列或跪,或立或仆,窍穴逶邃,堆阜突怒。乃作栋宇,以为观游。凡其物类,无不合形辅势,效伎于堂庑之下。外之连山高原,林麓之崖,间厕隐显。迩延野绿,远混天碧,咸会于谯门之内。

已乃延客入观,继以宴娱。或赞且贺,曰:"见公之作,知公之志。公之因土而得胜,岂不欲因俗以成化?公之择恶而取美,岂不欲除残而佑仁?公之蠲浊而流清,岂不欲废贪而立廉?公之居高以望远,岂不欲家抚而户晓?夫然,则是堂也,岂独草木土石水泉之适欤?山原林麓之观欤?将使继公之理者,视其细,知其大也。"宗元请志诸石,措诸屋漏,以为二千石楷法。

〔注释〕

韦使君:元和七年(812)新任命的永州刺史。其名不可考。使君,对州长官的尊称。穹谷:深谷。嵁(kān)岩:峭壁。凌绝:超越。九疑:九疑山,位于今湖南宁远南面。翳(yì):遮蔽。虺(huǐ):毒蛇;毒虫。葩(pā):花。卉:草。芟(shān):割除。蠲(juān):清洁。浏如:清澈的水。釃(shī):疏导。溶漾:水波荡漾的样子。窍穴:山洞。逶邃:曲折深远。栋宇:堂屋。庑(wǔ):正房对面与两侧的屋子。谯(qiáo)门:城门上用以望远的高楼。措:放置。屋漏:室内西北角。二千石:汉代郡守俸禄为二千石,代指州郡长官。

柳宗元的这篇文章大约作于元和七年(812),永州司马任上。自他参与"永贞革新"失败被贬为永州司马,此时已过去七年。永州刺史韦公新堂建成之际,柳宗元以此文致贺。

文章开篇指出,如果准备在郊野营造幽谷、峭壁和深池这样的景致,那就必定要劈山运石,开凿沟壑,克服艰难险阻,耗费大量人力,才能做得到。即便如此,也很难建成天造地设的美景。文章继而引出韦公在永州营建新堂能够不劳民伤财,顺应地势而保持天然之美。由昔之所难凸显今日新堂建成之喜,在对比中褒扬了韦公的才干。

唐朝时的永州,辖境相当于今湖南永州、东安、祁阳和广西全州、灌阳等市县地。永州府衙所在地是九疑山西北麓,属于丘陵山区,虽风景秀丽,却是人烟稀少的荒芜之地。永州的自然地理特征,在柳宗元的这篇文章中可见一斑:奇石淹没在荒草之中,清泉掩盖在污泥之下,毒蛇盘踞,狸鼠出没,树木与藤蔓、鲜花与毒草混杂在一起疯长。

柳宗元闲居偏僻的永州,无所事事,徘徊于山水之间,排解苦闷,寻求慰藉。一晃七年,要说对永州自然环境的了解,又有谁能出其右?正因为柳宗元对永州的一草一木了如指掌,他才能理解韦公建新堂的不易:韦公来到永州,过了一个月,就把州里的大小事情都整治明白了。他望着这片荒芜之地,觉得很不平常,便让人铲除杂草,挖净污泥,疏通溪沟。奇特的景致一一呈现出来:树木清秀挺拔,枝叶舒展;湖水微波荡漾,山溪曲折萦回;四周怪石林立,千姿百态,形态各异;山洞幽深曲折,洞厅突兀高耸。

韦公化荒蛮为神奇,在此地建造了一处与自然山水相融的新堂,作为观赏游玩之所。所有的怪石都因地制宜,陈列在新堂廊屋之前。新堂之外,草地和山连接,林木覆盖到山崖。层林或隐或现,从眼前延伸到远方,天地连成一片。这一切,站在门楼可以尽收眼底。

新堂落成,韦公邀请客人来参观,还设宴款待。客人纷纷投以赞誉之词、恭贺之语。柳宗元却没有止步于对新堂的鬼斧神工之妙的赞美,而是在这篇文章中借来客之口,写出了自己对为官的深度理解:"看了您修建的堂屋,就知道您的志向。您顺应地势造出胜景,难道不是想借此事而形成教化吗?您铲除杂树毒草而保留嘉树鲜花,难道不是如同铲除恶势力而保护弱者一样吗?您挖净污泥使清泉流淌,难道不是想去除贪腐而提倡廉政吗?您登高而远望,难道不是希望国泰民安吗?既然如此,难道您建这座新堂仅仅是为了把草木土石、清泉流水组合成美景，或者是为了远观山峦、原野吗？您其实是希望继任的永州刺史，能够通过这样一件事，深悟执政为民的大道理啊。"

韦公能够把恶劣的荒芜之地改造为赏心悦目的美景新堂，有志者难道就不能革新被利益缠绕而因循守旧的官场，实现改革派富民强国的政治理想？地方官员即使不能在朝廷中枢发挥作用，也可以在自己的权力范围内，力所能及地做一些造福一方、有利于百姓的事情。柳宗元虽身处偏远的永州，有职而无权，却从未放弃自己的理想，他在此文结尾借韦公建新堂一事，殷切呼唤政治革新，发人警醒，耐人寻味。柳宗元真切而热情的抒怀，无疑使这最后一段成为这篇文章的点睛之笔。

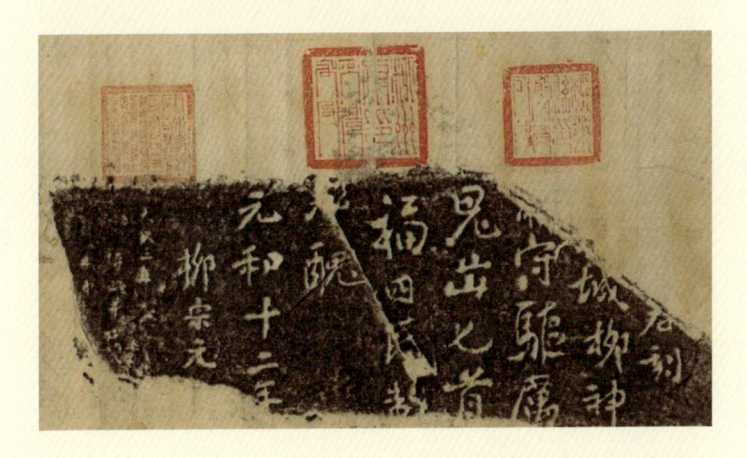

⊙广西柳州柳侯祠的残碑及拓片

重别梦得

二十年来万事同,
今朝岐路忽西东。
皇恩若许归田去,
晚岁当为邻舍翁。

〔注释〕

梦得:刘禹锡(772—842),字梦得,洛阳(今属河南)人,做过监察御史、太子宾客等,因参与"永贞革新",屡遭贬谪。贞元九年(793),柳宗元和刘禹锡为同科进士,到柳宗元写这首诗的时候已经过了二十二年。岐路:岔路。西东:分路。邻舍:相邻的居舍。

柳宗元的这首诗写于元和十年(815)三月。读诗题可知,这是柳宗元与刘禹锡的再次分别。

柳宗元和刘禹锡二人为同科进士，二十二年仕途漫漫，虽然两人很投缘且情谊很深，但终是聚少离多。元和九年(814)，柳宗元和刘禹锡同时奉诏从各自的贬所永州、朗州(今属湖南)回京，第二年三月又分别被贬为远离朝廷的柳州刺史和连州刺史。他们结伴而行，一同出京赴任，至衡阳(今属湖南)分别。二人作诗赠答，千言万语都浓缩在这些诗句里。

"二十年来我与你的经历相同，一直在患难之中，今天在岔路口又一次分别。""永贞革新"失败，致使两人获罪被贬，分别十载；此次离去，前程茫茫，何时才能再相见呢？谁也不知道。伤感之中，柳宗元也与刘禹锡作了归田为邻的约定："如果皇恩浩荡，准许你我辞去官职归园田居，我们晚年就可以相邻而居。"这质朴的约定，不仅仅表达了两人难舍难分的离愁别绪，更蕴含着生死与共的深情厚谊。

此次分别，柳宗元写了三首诗赠送刘禹锡，刘禹锡都写有作答诗。《重别梦得》是其中第二首。我们不妨把三组赠答诗放在一起读，能更真切地感受柳宗元和刘禹锡之间真挚的友情。

第一组

衡阳与梦得分路赠别

柳宗元

十年憔悴到秦京,谁料翻为岭外行。
伏波故道风烟在,翁仲遗墟草树平。
直以慵疏遭物议,休将文字占时名。
今朝不用临河别,垂泪千行便濯缨。

再授连州至衡阳酬柳柳州赠别

刘禹锡

去国十年同赴召,渡湘千里又分歧。
重临事异黄丞相,三黜名惭柳士师。
归目并随回雁尽,愁肠正遇断猿时。
桂江东过连山下,相望长吟有所思。

第二组

重别梦得

柳宗元

二十年来万事同,今朝岐路忽西东。
皇恩若许归田去,晚岁当为邻舍翁。

重答柳柳州

刘禹锡

弱冠同怀长者忧,临岐回想尽悠悠。
耦耕若便遗老身,黄发相看万事休。

第三组

三赠刘员外

柳宗元

信书成自误,经事渐知非。

今日临岐别,何年待汝归?

答柳子厚

刘禹锡

年方伯玉早,恨比四愁多。

会待休车骑,相随出蔚罗。

  一次分别而作三组诗,可见离愁别绪之深重。在诗中,二人回首往事,既有革新失败的不甘,又有蹉跎岁月的悲哀,徒留无限感慨。这些诗直抒离别之情而不加掩饰,朴实无华而真挚感人。有人评价:"语似质直而意蕴深婉,情似平淡而低徊郁结。"然也。

登柳州城楼寄漳、汀、封、连四州刺史

城上高楼接大荒,

海天愁思正茫茫。

惊风乱飐芙蓉水,

密雨斜侵薜荔墙。

岭树重遮千里目,

江流曲似九回肠。

共来百粤文身地,

犹自音书滞一乡。

〔注释〕

柳州:今属广西。漳:漳州,今属福建。汀:汀州,今属福建。封:封州,今属广东。连:连州,今属广东。大荒:旷远的荒野。惊风:狂风。飐(zhǎn):风吹物使颤动。薜荔:蔓生植物。百粤:指五岭以南众多少数民族。音书:音信。滞:阻隔。

柳宗元的这首诗大约写于元和十年(815)秋天。永贞元年(805),柳宗元与韩泰、韩晔、陈谏、刘禹锡等人都因参与王叔文、王伾推行的"永贞革新"而被贬,史称"二王八司马"事件。

柳宗元在偏僻的永州任闲职十年,纵情山水间,难解心头郁,终于在元和九年(814)被召回京师。朝廷中虽有人主张起用这批被贬官员,但他们最终没能得到认可。次年,柳宗元等人再度被贬为边远地区的刺史。

经过长途跋涉,柳宗元来到柳州。他登上城楼,眺望远处无边无际的荒野,回想自己赋闲十载,返回都城,踌躇满志,谁料重回京师之日却并非柳暗花明之时。茫然之中,忧愁像连绵不断的海水般涌来。此时,一阵狂风袭来,几乎吹折了水中的荷花,接踵而至的暴雨打在长满薜荔的墙上。层叠的山峦遮住了远方的一切,弯曲的柳江像愁肠百转的思绪。柳宗元触景生情,百感交集,遂挥笔写下这首诗,寄送给同为天涯沦落人的漳州刺史韩泰、汀州刺史韩晔、封州刺史陈谏、连州刺史刘禹锡。

这首诗写景抒情,情景交融;有比有兴,对景感怀;怨而不怒,把控适度;既感叹个人遭际,又悲悯同僚境遇。首联由登楼起,登高望远往往容易触发思绪,更何况登楼之人本就忧思烦乱,所见之景又是如此辽阔而荒凉。由此自然引入颔联与颈联的抒写。先写近景,芙蓉、薜荔都是美好之物,象征着高洁的人格,却在凄风苦雨中忍受摧残,"惊""乱""密""斜"无不表明柳宗元从芙蓉、薜荔的视角来看待眼前的一切,联想自己在政治漩涡中苦苦挣扎的情景。再写远景,崇山峻岭、蜿蜒江流,俯仰之间,愁思无限。想要与同患难的友人互相慰藉,却又被山水阻隔着无法互通音信,尾联将这份惆怅之情进一步深化。

读这首诗,可以明显感觉到柳宗元情绪低落。所谓"不如意事常八九,可与人言仅二三",人人都有宣泄情绪的需求,柳宗元也不例外。何况他被一贬再贬,心里的苦闷和彷徨可想而知。这首诗传递于心意相通、处境相似的友人之间,至少对彼此是一种慰藉。

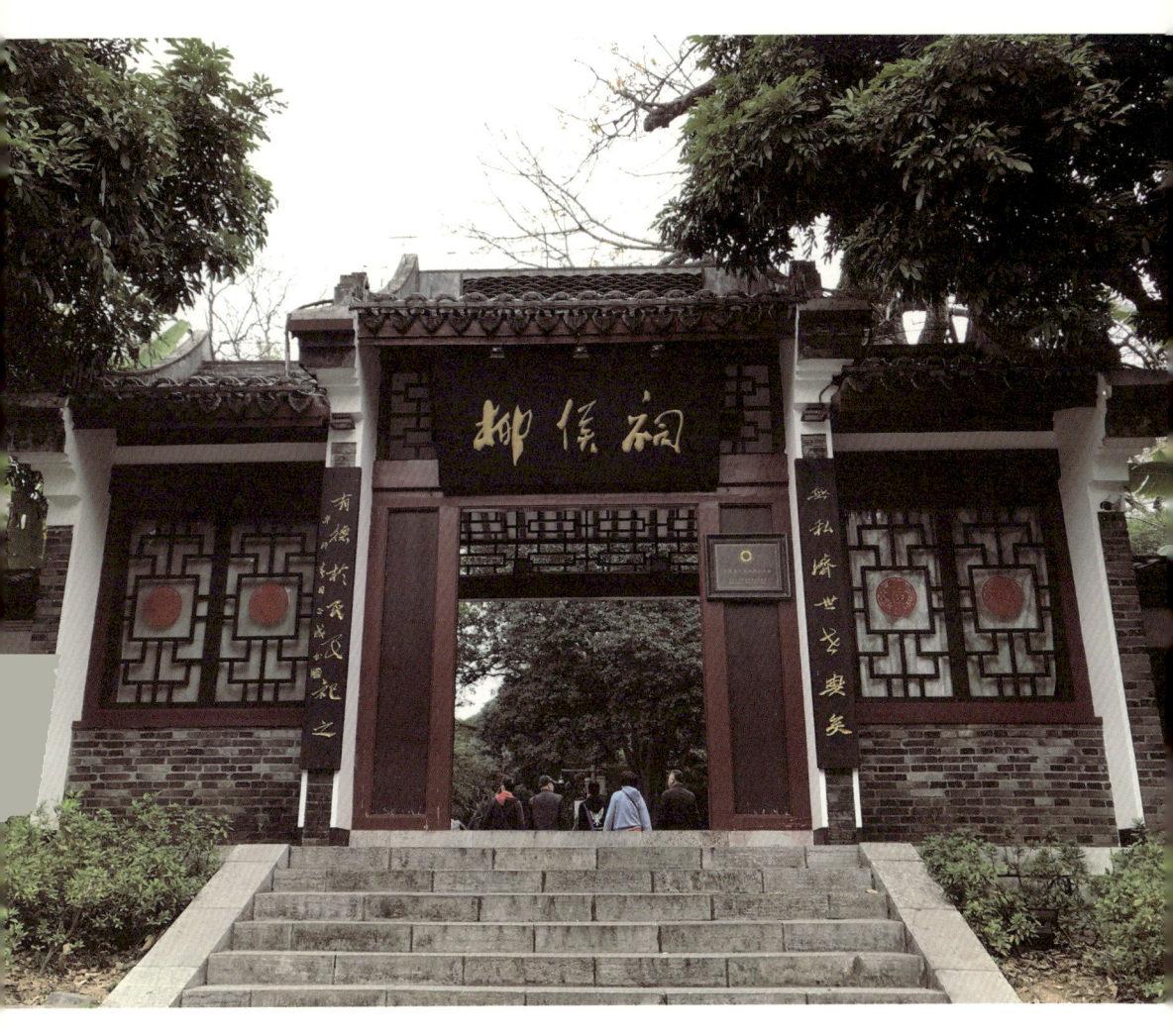

⊙广西柳州柳侯祠（孟令昕摄）

遇见
唐宋八大家

欧阳修篇

欧阳修简介

欧阳修(1007—1072),字永叔,号醉翁,晚年号六一居士,吉州吉水(今属江西)人,因吉州原属庐陵郡,他常常以"庐陵欧阳修"自称。他于天圣八年(1030)进士及第,历经仁宗、英宗、神宗三朝,做过翰林学士、枢密副使、参知政事等,谥号"文忠",世称欧阳文忠公。景祐三年(1036),他因支持"庆历新政",上疏反对罢免范仲淹而被外放,数年后被召回。熙宁四年(1071),他又因反对"熙宁变法"的部分措施被外放。欧阳修平生喜好奖掖后辈,苏洵父子、曾巩等都得到他的提携。作为北宋文坛领袖,他领导了北宋诗文革新运动,继承并发展了韩愈的古文理论,开创了一代文风。他在史学方面也有较高的成就,主修《新唐书》,独撰《新五代史》,著有《欧阳文忠公文集》。

欧阳修印象

对欧阳修最早的印象是三四十年前读他的《醉翁亭记》，感觉他是一位自得其乐的老翁。后来研究苏轼，写文章，查阅史料，读到苏轼与欧阳修的一段趣闻，印象更深。

嘉祐二年（1057），苏轼和弟弟苏辙随父亲苏洵进京赶考，那一年的主考官是五十岁的欧阳修。当时的考试制度规定要将所有考生的名字遮住，称作糊名；有时甚至叫人把所有的文章重新抄写一遍后，才送考官阅卷。两种方法都是为了防止阅卷考官徇私。考官们都为这次的一份答卷叫好，题目为"刑赏忠厚之至论"，公推第一，欧阳修看了也很赞赏。欧阳修判断，这很有可能是他的得意门生曾巩的卷子，为避免被人说主考官徇私，欧阳修就把这份卷子判为第二名。这位被列为第二名的考生就是苏轼。

发榜后，按照古代读书人的习俗，考生要给主考官写一封谢恩信，苏轼就给欧阳修修书一封。欧阳修收到苏轼的信，读得浑身出汗，欧阳修的儿子以为父亲身体不适，问要不要请医生，欧阳修说自己没有生病，是读了苏轼的书信感到十分畅快而流汗。欧阳修对儿子说，三十年后再也无人谈论他欧阳修的文章，而人人都会读苏轼的文章。他还写信给当时颇有诗名的梅尧臣,说"吾当避此人出一头地",意思是要帮助苏轼得到超群地位。这也是"出人头地"典故的由来。爱才的欧阳修从此对苏轼提携有加,而受欧阳修提携的又岂止苏轼一人?

欧阳修的童年很辛酸,四岁时父亲去世,母亲郑氏一直未改嫁,他的启蒙教育全赖母亲。因家里贫穷买不起笔墨纸砚,他就用芦荻作笔在地上学习写字。虽然欧阳修幼年时就聪敏过人,读书过目不忘,可是在这样的环境里成长,是多么不容易。后来,欧阳修少年的时候随叔父欧阳晔去了随州(今属湖北),生活状况有了很大改善,也增长了见识。有一天,在随州一户姓李的大户人家的废书筐里,欧阳修捡到了唐代韩愈的《昌黎先生集》。他读后十分仰慕,立志要写出像韩愈那样的雄文,愈加发愤读书,日后果然有志者事竟成。天圣八年(1030)正月,晏殊主持礼部考试,欧阳修被列为第一名。在三月的崇文殿御试中,他得了甲科第十四名,并被任命为西京(今河南洛阳)留守推官,从此登上北宋的政治舞台。

嘉祐二年,欧阳修主持贡举。当时应考的读书人喜欢写险怪奇涩的文章,称之为"太学体",欧阳修极力反对这种文体,凡是写这种文章的人一概不予录取。欧阳修打破五代之陈规,提倡平实的文风,录取苏轼、苏辙、曾巩等人,接续韩愈发起的"古文运动",终成一代文坛领袖。

欧阳修是个刚正耿直、不计个人私利的人,往往容易得罪维护既得利益的权贵,他一生被贬官三次。

欧阳修的前两次贬官都与范仲淹有关。景祐三年(1036),范仲淹因著文指陈时弊而被贬谪,在朝官员大多为他辩白,只有左司谏高若讷提出要黜除范仲淹。欧阳修写信给高若讷,谴责他简直不知道人间还有羞耻一事。高若讷把欧阳修的信上交给宋仁宗,欧阳修因此被贬为夷陵(今湖北宜昌)县令。这是欧阳修第一次被贬官。后来还有一个插曲,范仲淹任龙图阁直学士、陕西经略安抚副使时,想聘请欧阳修为书记官,欧阳修笑而谢绝:"我昔日仗义执言难道是为了一己私利?你我虽然同时被贬,但也不必同时升迁。"君子之风,令人钦佩。

庆历三年(1043),范仲淹、富弼、韩琦等人受命推行"庆历新政",以发展生产、富国强兵为目的,以整顿吏治与解决冗员、冗兵、冗费问题为中心,涉及政治、经济、军事、社会、文化各个方面,然终因得罪权贵而失败,范仲淹等人都被贬,支持"庆历新政"的欧阳修上书为范仲淹等人申辩。朝廷里的争斗异常激烈,就在此时,欧阳修被人诬告有严重的"生活作风"问题,由此被贬为滁州(今属安徽)知州。这是欧阳修第二次被贬官。

欧阳修第三次被贬官是在至和元年(1054)。那年,欧阳修为母亲丁忧期满,奉召任流内铨(吏部官员,负责考课州县官),此时他已经离开京城十一年。宋仁宗看见满头白发的欧阳修,抚慰有加。朝中有人害怕欧阳修掌权以后追究当年对他落井下石的人,便伪造他"请求清洗宦官中作奸谋利的人"的奏章以激怒宦官们。这些人联合起来陷害欧阳修,欧阳修又被贬官外放为同州(今属陕西)知州。群牧判官吴充及时把真相上奏给宋仁宗,宋仁宗查明事情原委后收回成命,还擢升欧阳修为翰林学士。

欧阳修的德行与文采非常令人钦佩,可他的才能不仅限于此,他还是一位非常务实并且善于谋划长治久安的官员。这里就说一件事情:保全战略要地麟州(今属陕西)。欧阳修奉命出使河东(今属山西),对那里的山川地形比较了解。朝廷对西部用兵以来,主事的官员准备放弃偏远的麟州,主要原因是大规模运送粮草耗费财力、人力。欧阳修认为,麟州是个天然险要之地,不能放弃。如果放弃它,黄河以东的百姓都将不能安居。他建议分派一部分兵力,驻扎在黄河附近的各堡寨中,遇到敌情可以互相援助,而平时又不用大规模运送粮草。主事的官员采纳了欧阳修的建议,麟州得以保全。欧阳修又向朝廷建议,让当地农民去开垦忻县(今属山西忻州)、代县(今属山西忻州)的荒地,增加粮食收成。朝廷征求当地官员的意见后下令实行,每年收获粟谷数百万斛。

  欧阳修论事切直了当,因此很多官员把他看作仇敌。唯独宋仁宗勉励他敢于说话,并对侍臣说:"像欧阳修这样的人,到哪里去找啊?"贬官三次、年近五十的欧阳修被留在京城修撰《唐书》,后来他与宋祁同修《新唐书》,又自修《五代史记》(即《新五代史》)。

欧阳修诗文赏读

《释秘演诗集》序

予少以进士游京师,因得尽交当世之贤豪。然犹以谓国家臣一四海,休兵革,养息天下以无事者四十年,而智谋雄伟非常之士,无所用其能者,往往伏而不出,山林屠贩,必有老死而世莫见者,欲从而求之不可得。

其后得吾亡友石曼卿。曼卿为人,廓然有大志,时人不能用其材,曼卿亦不屈以求合;无所放其意,则往往从布衣野老,酣嬉淋漓,颠倒而不厌。予疑所谓伏而不见者,庶几狎而得之,故尝喜从曼卿游,欲因以阴求天下奇士。

浮屠秘演者,与曼卿交最久,亦能遗外世俗,以气节相高。二人欢然无所间。曼卿隐于酒,秘演隐于浮屠,皆奇男子也。然喜为歌诗以自娱,当其极饮大醉,歌吟笑呼,以适天下之乐,何其壮也。一时贤士,皆愿从其游,予亦时至其室。十年之间,秘演北渡河,东之济、郓,无所合,困而归。曼卿已死,秘演亦老病。嗟夫!二人者,予乃见其盛衰，则予亦将老矣夫。

曼卿诗辞清绝，尤称秘演之作，以为雅健有诗人之意。秘演状貌雄杰，其胸中浩然，既习于佛，无所用，独其诗可行于世，而懒不自惜。已老，胠其橐，尚得三四百篇，皆可喜者。

曼卿死，秘演漠然无所向。闻东南多山水，其巅崖崛峍，江涛汹涌，甚可壮也，遂欲往游焉，足以知其老而志在也。于其将行，为叙其诗，因道其盛时，以悲其衰。

庆历二年十二月二十八日，庐陵欧阳修序。

〔注释〕

释秘演（生卒年不详）：法号文惠，与石延年、欧阳修等人交往密切。臣一：天下称臣，江山一统。兵革：战事。石曼卿：石延年（994—1041），字曼卿，宋城（今河南商丘南）人。官至太子中允、秘阁校理。为人有气节，纵酒不羁。廓然：心胸广阔。布衣：无官职之人。野老：乡间老人。庶几：或许。狎：亲近。浮屠：指佛教徒。遗外：超脱。间：隔阂。河：黄河。济、郓：济州、郓州，今属山东。清绝：非常清美。胠(qū)：从边上打开。橐(tuó)：袋子。漠然：寂静无声。巅崖：高山、悬崖。崛峍(lù)：高峻、陡峭。

欧阳修的这篇文章作于庆历二年（1042）。这一年，秘演和尚离京前往东南一带，临行之际，欧阳修写了这篇序言赠别。

欧阳修认识秘演，是因为石曼卿。本文从题目来看是诗序，但本文对秘演的诗着墨并不多，更多的笔墨是用在介绍石曼卿和秘演的生平遭际上。

在写石曼卿和秘演之前，欧阳修陈述了对智谋雄伟非常之士无法施展才能的遗憾之情。他说自己虽遍交贤豪，却认为在天下安定已久的情况下，仍有许多足智多谋、志向远大的非常之士没有得到重用。他们或隐居于山林，或杂居于市井，很多人直到老死都没有被世人发现。他想去发现这些非常之士并让他们为朝廷所用，却无法办到。

由此遗憾，欧阳修自然而然地回想起亡友石曼卿。石曼卿是一位非常之士，他为人豪放，而且胸怀大志。当时掌权的人不能识才、用才，曼卿也不肯委屈自己去迎合他们。曼卿没有机会施展才能，就常常与平民百姓、乡野老人尽兴游玩，痛快饮酒，到了癫狂的地步也不停止。

欧阳修常常和石曼卿一起游历山川，以期寻访更多的非常之士，并由此结识了秘演。秘演相貌英武，为人正直，他超凡脱俗，以讲求气节守护自己的品格。秘演与曼卿相交甚久，相知至深。曼卿不得志而沉醉于酒，秘演不得志而隐匿于寺庙，他们都是当世有奇才的大丈夫。他们也都喜欢作诗以自娱。曼卿的诗极为清新，而他又特别称赞秘演的诗，认为秘演的诗既高雅又雄健，很有意蕴。每当他们纵酒大醉时，便唱歌吟诗、欢笑狂呼。这种场面是多么豪壮啊！当时的贤达之士都喜欢与他们交往，欧阳修也经常与他们一同吟诗作乐。

然而，昔年的盛景已不再，过去的十年间，秘演向北渡过黄河，向东到了济州、郓州一带，乘兴而去却扫兴而归。此时曼卿已经去世，秘演也年老多病。欧阳修想着两位好友的生平遭遇，不胜感慨。

秘演和石曼卿不同凡响，行为乖张，因而不被常人所理解，当然也没有入位高权重之人的"法眼"，怀才不遇，隐落民间。对他们两人的遭遇，欧阳修深感惋惜和不平，由此联想到世间还有很多人才被埋没。正因为欧阳修有这方面的感受，所以当他成为朝廷重臣和文坛领袖时，他对初显才华的后辈，如苏东坡等，多加提携，让他们有施展才能的机会，以造福国家社稷。

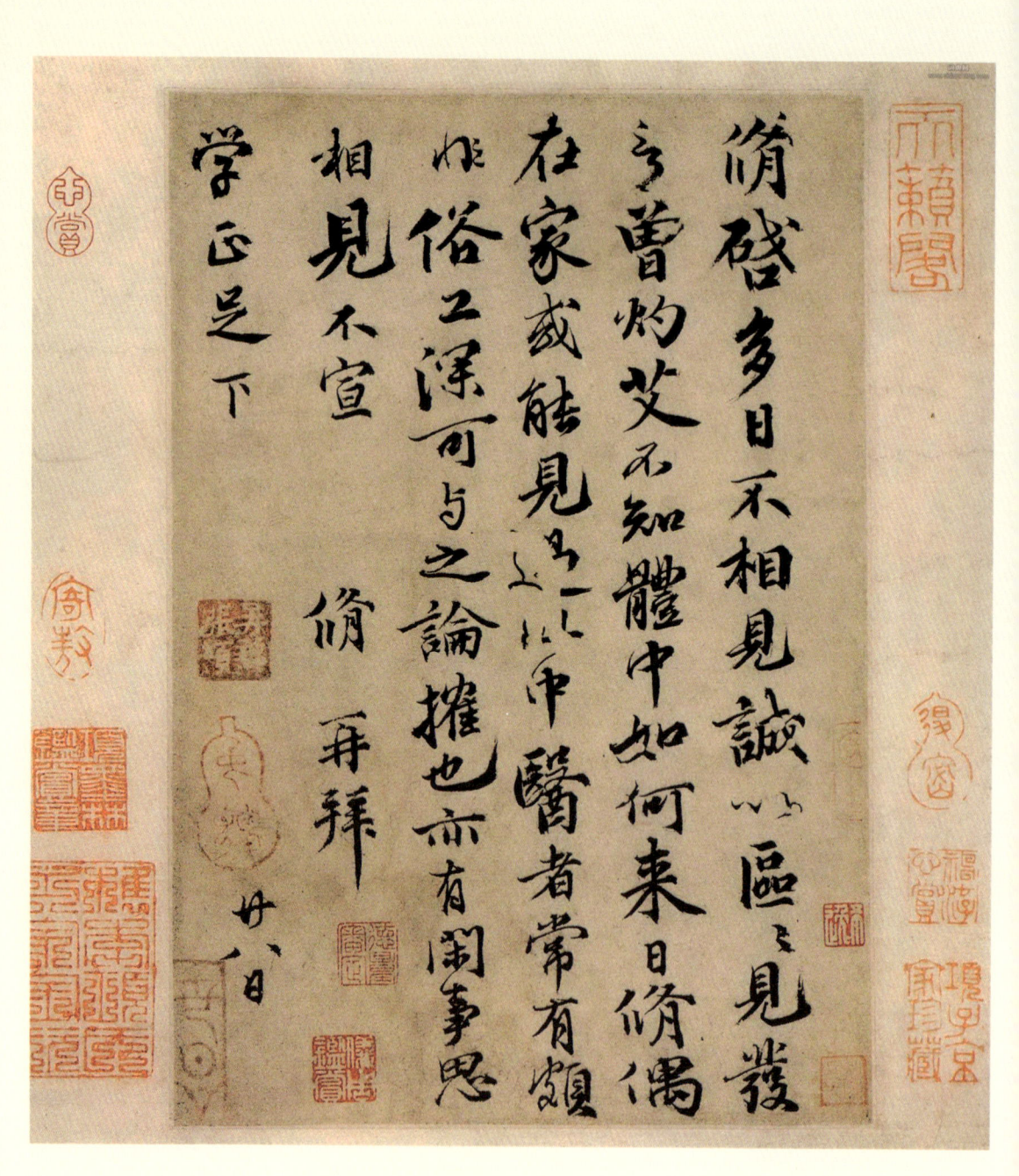

修启 多日不相见 诚以区区见发 言曾灼艾不知体中如何 来日修偶在家 或能见过 乃闲 中医者常有颇 俗之深 可与之论 怀也 亦有闲事思相见 不宣 修再拜 学正足下 廿八日

○欧阳修《灼艾帖》

丰乐亭记

修既治滁之明年,夏,始饮滁水而甘。问诸滁人,得于州南百步之近。其上则丰山,耸然而特立;下则幽谷,窈然而深藏;中有清泉,滃然而仰出。俯仰左右,顾而乐之。于是疏泉凿石,辟地以为亭,而与滁人往游其间。

滁于五代干戈之际,用武之地也。昔太祖皇帝,尝以周师破李景兵十五万于清流山下,生擒其将皇甫晖、姚凤于滁东门之外,遂以平滁。修尝考其山川,按其图记,升高以望清流之关,欲求晖、凤就擒之所。而故老皆无在者,盖天下之平久矣。自唐失其政,海内分裂,豪杰并起而争,所在为敌国者,何可胜数?及宋受天命,圣人出而四海一。向之凭恃险阻,铲削消磨。百年之间,漠然徒见山高而水清;欲问其事,而遗老尽矣。今滁介江淮之间,舟车商贾、四方宾客之所不至,民生不见外事,而安于畎亩衣食,以乐生送死。而孰知上之功德,休养生息,涵煦于百年之深也。

修之来此,乐其地僻而事简,又爱其俗之安闲。既得斯泉于山谷之间,乃日与滁人仰而望山,俯而听泉;掇幽芳而荫乔木,风霜冰雪,刻露清秀,四时之景,无不可爱。又幸其民乐其岁物之丰成,而喜与予游也。因为本其山川,道其风俗之美,使民知所以安此丰年之乐者,幸生无事之时也。夫宣上恩德,以与民共乐,刺史之事也。遂书以名其亭焉。

〔注释〕

丰乐亭:在今安徽滁州西郊丰山北麓,是欧阳修被贬滁州后建造的,苏东坡曾将《丰乐亭记》书刻于碑。耸然:高耸。特:突出。窈然:深幽。瀚(wěng)然:水势盛大。五代:后梁、后唐、后晋、后汉、后周。太祖:宋太祖赵匡胤(927—976),涿州(今属河北)人。周:后周。李景:李璟(916—961),徐州(今属江苏)人,南唐中主。清流之关:在滁州西郊清流山上,宋太祖曾作为后周大将,在此大败南唐之兵。胜:尽。畎(quǎn):田间小沟。乐生送死:生者快乐,死者得到礼葬。涵煦:滋润,教化。掇:拾取。荫:乘凉。岁物:庄稼收成。刺史:唐代州官官名,宋人写文章时习惯用汉代、唐代州官官名称呼当代州官。

欧阳修的这篇文章写于庆历六年(1046),滁州知州任上。庆历五年(1045)八月,"庆历新政"失败,杜衍、范仲淹等人相继被斥逐。欧阳修因替他们辩护而被贬,由河北都转运按察使降为滁州知州,十月到任。

在五代混战的时候,滁州是个兵家相争之地。当年宋太祖曾经率领后周将士在清流山下击败李璟的十五万大军,在滁州东门外活捉了他的大将皇甫晖、姚凤,一举平定了滁州。

欧阳修来到滁州,行走在山川之间,想起旧时之纷争与今日之太平,感慨良多。他曾经考察滁州的山河地貌,还查阅过滁州的地图和文字记载,登上高山眺望清流关,想找出当年皇甫晖、姚凤被捉的地方,可是当时的亲历者都已经去世,无人可问,过去的硝烟早已飘散,了无痕迹。如今滁州地处长江、淮河之间,是商人的车船和八方旅行者都难以到达的地方。这里的百姓不知道外面的事情,安心地耕田织布,安逸地度过一生,又哪里会记得眼前的山高水清曾布满疮痍?

这个偏僻安静、政务简单而民风淳朴的地方,让欧阳修暂时忘却了贬谪的苦闷,而庆幸自己能在太平之年与民同乐。任职滁州知州的第二年夏天,他喝到了滁州甘甜的泉水，并在滁州城南百步之外找到了水源。那里丰山高耸，峡谷幽深，景色宜人。欧阳修便请人凿开石头，疏通泉水，拓展空地，建造了一座亭子。他与滁州友人常常来此游乐。他们在这里抬头望高山入云，低头听泉水叮咚；春天随处采摘野花，夏天乘凉于参天大树下。这里秋霜冬雪之时景色清肃秀美，一年四季风光不同，都让人喜爱。路遇因庄稼丰收而喜笑颜开的百姓，他们也会高兴地加入，一同游走。欧阳修则顺便向百姓讲述这里山水民风的美好，让他们知道能够安享丰年的欢乐，是因为有幸生在这没有战乱的太平盛世。

这种随时与淳朴的百姓随意而愉快地相处"共乐"所带来的心灵慰藉，是欧阳修在京师完全不可能感受到的。有了这样的心态，欧阳修建造丰乐亭并写下《丰乐亭记》，就完全是顺理成章的事情了。

在滁州，欧阳修还写过一篇《醉翁亭记》。僧智仙在山泉之上建造了一座亭子，欧阳修应邀为亭子题名为"醉翁亭"，并写下《醉翁亭记》一文。《醉翁亭记》的风格与《丰乐亭记》相似，希望天下太平，百姓安居乐业，蕴含着浓浓的与民同乐的氛围。

◎江苏扬州平山堂,欧阳修曾为扬州知州(司马一民摄)

戏答元珍

春风疑不到天涯,二月山城未见花。
残雪压枝犹有橘,冻雷惊笋欲抽芽。
夜闻归雁生乡思,病入新年感物华。
曾是洛阳花下客,野芳虽晚不须嗟。

〔注释〕

元珍:丁宝臣(1010—1067),字元珍,晋陵(今属江苏)人,当时任峡州(今属湖北)军事判官(协助州官处理政务的官职)。景祐元年(1034)进士,官至秘阁校理、同知太常礼院事,与欧阳修有交往,欧阳修为他撰写了墓表、祭文。天涯:诗里指欧阳修贬谪之地峡州夷陵(今湖北宜昌)。冻雷:第一声春雷。洛阳花下客:欧阳修曾在西京(今河南洛阳)任留守推官。洛阳多牡丹,欧阳修写过《洛阳牡丹记》。

景祐三年(1036),欧阳修为范仲淹进言,被贬为夷陵县令。第二年早春,欧阳修的好友、在峡州当判官的丁宝臣写了一首诗《花时久雨》(已佚)送给欧阳修,大约表达安慰之意。欧阳修就以此诗作答。

这是欧阳修初次遭贬。设想一个人仕途遭受挫折,从繁华的京城或都市,被发往边远地区坐"冷板凳",通常都免不了心情郁闷,有的甚至消极沉沦,反映在诗文中,则会有发牢骚、泄怨愤、叹悲哀之意。欧阳修却不然,他的这首诗读来轻快,似乎他的心情没有受到贬官的影响。

欧阳修看着山城春景,不免怀疑春风吹不到夷陵这荒远之地,不然已是二月,山城怎么还不见百花盛开?可是,无论如何,毕竟春天已经到来,残余的积雪压着枝头上仅剩的柑橘,春雷惊醒竹笋,催生嫩芽,离万物生长、花团锦簇的日子终究不远了。

夜晚,归雁的鸣叫引起了欧阳修的思乡之情。虽然抱病进入新的一年,但他面对春色仍然有感而发。他想起自己在洛阳为官时观赏过那里的牡丹花,还写了《洛阳牡丹记》,那么就且以记忆中留存的美好温情,聊慰眼前凄苦的处境,支撑自己等待山城野花开放之时。

虽然欧阳修久居繁华都市，但他还是能够适应冷寂的山城生活。他在写这首诗的时候，虽然面对的是春景，但是随处可见冬季萧索的痕迹，春天的感觉不那么明显。如果用灰暗的心情去看早春的山城景色，很可能会有忧伤之感。但如果以平静的心态去看待，就会明白这是大自然的规律，不用沮丧，不用焦虑，总会迎来春暖花开之时。也许欧阳修这首诗借景抒情，意在说明大自然四季轮回，人生何尝不是如此呢？应当看淡仕途起伏，耐心地过好眼下自己的日子，蓄势待发，以待来日。

和王介甫明妃曲二首

其一

胡人以鞍马为家,射猎为俗。
泉甘草美无常处,鸟惊兽骇争驰逐。
谁将汉女嫁胡儿,风沙无情面如玉。
身行不遇中国人,马上自作思归曲。
推手为琵却手琶,胡人共听亦咨嗟。
玉颜流落死天涯,琵琶却传来汉家。
汉宫争按新声谱,遗恨已深声更苦。
纤纤女手生洞房,学得琵琶不下堂。
不识黄云出塞路,岂知此声能断肠。

其二

汉宫有佳人,天子初未识,
一朝随汉使,远嫁单于国。
绝色天下无,一失难再得,
虽能杀画工,于事竟何益?

耳目所及尚如此,万里安能制夷狄。

汉计诚已拙,女色难自夸。

明妃去时泪,洒向枝上花。

狂风日暮起,飘泊落谁家。

红颜胜人多薄命,莫怨春风当自嗟。

〔注释〕

王介甫:王安石(1021—1086),字介甫,号半山,抚州临川(今江西抚州)人,庆历二年(1042)进士,做过扬州(今属江苏)签判、鄞县(今浙江宁波)知县、舒州(今属安徽)通判等,政绩显著。熙宁二年(1069),他升任参知政事,主持变法。欧阳修的这两首诗是和答王安石的《明妃曲二首》。明妃:王嫱(约前54—前19),字昭君,南郡秭归(今属湖北)人。胡人:古代对北方少数民族的统称。中国:指中原地区。咨嗟(jiē):叹息。黄云:沙漠上空的云。单于国:指匈奴。单于,匈奴首领。画工:指毛延寿,传说汉元帝命画工毛延寿为后宫佳丽画像,王昭君因不愿贿赂,被画为丑。后来,元帝让王昭君远嫁匈奴,王昭君向元帝辞行时,元帝才发现王昭君的美貌。他虽然后悔,但结果已不能改变,于是杀了给王昭君画像的画工毛延寿。夷狄(dí):古代泛称中国东方各族为"夷",北方各族为"狄",因用以泛指异族人。

北宋时,面对北方游牧民族的袭扰劫掠,朝廷采取了给钱给绢等绥靖政策,以此换得边境的安宁。辽、西夏"交侵,岁币百万"。宋仁宗景祐以来,"西(夏)事尤棘"。也就是说,北方游牧民族索要"岁币"的胃口越来越大,这成为北宋朝廷的一大负担。嘉祐三年(1058),王安石上奏《上仁宗皇帝言事书》,意在请求变法。次年,王安石借汉言宋,写了诗《明妃曲二首》,对明妃和亲有歌颂之意。当时,梅尧臣、欧阳修、司马光、刘敞都写有和诗。

在《和王介甫明妃曲二首》中,欧阳修认为汉代的和亲"计拙",同样是借汉言宋,他对宋王朝的屈辱政策提出批评:是谁将汉家女子昭君嫁给胡人?无情的风沙会损伤她美丽的容颜。在胡人聚集的地方很难见到中原人,昭君在马背上哼着思念故乡的曲调。昭君手弹琵琶创作思乡曲,连胡人听了都会叹息。美丽的昭君流落异邦,客死他乡,她创作的琵琶曲却传到了汉宫里。汉宫里的乐人争相弹奏,只因这琵琶曲是"新声谱",而并非曲中的遗恨与苦声。长于深宫中的他们,又哪里会知道这琵琶曲是断肠之音呢?

自汉代以来,王昭君的故事一直是诗人们乐于吟诵的题材,通常表达的是对昭君个人遭遇的同情。欧阳修则把个人遭遇与国家安危联系在一起,讲的是昭君的个人故事,着眼的却是国家大事:尽管愤怒的天子杀死了欺骗他的画工,却对画工造成的过失于事无补。眼前的美丑尚且分不清,又如何制胜万里之外的夷狄?汉代的和亲之计在欧阳修看来真的很拙劣。

　　难道制胜万里之外的夷狄靠的是女子和亲?欧阳修的发问,对沉迷于粉饰天下太平的官员们,真是振聋发聩。汉代的"和亲"与宋代的"岁币",都是在乞求和平,但长久的和平不可能靠乞求得来,只有国家强盛,才有能力抵御外敌,保障国泰民安。这两首诗表面上在说汉朝,实际上直指宋朝之治。

⊙江苏扬州天宁寺(司马一民摄)

遇见
唐宋八大家

王安石篇

王安石简介

王安石(1021—1086),字介甫,号半山,抚州临川(今江西抚州)人。王安石自幼聪颖,酷爱读书,过目不忘。稍长,他随父亲宦游各地,接触现实,深知民间疾苦。他于庆历二年(1042)进士及第,做过扬州(今属江苏)签判、鄞县(今浙江宁波)知县、舒州(今属安徽)通判等,政绩卓著。熙宁二年(1069),他升任参知政事,主持变法,陆续制定均输法、青苗法、农田水利法、免役法、市易法、方田均税法、保甲法、保马法、置将法等。新法在实施过程中出现很多问题,遭到朝廷中不少大臣反对。熙宁七年(1074),王安石被罢相,一年后被宋神宗再次起用,不久又被罢相。熙宁十年(1077),他被封舒国公,元丰二年(1079),拜尚书左仆射,改封荆国公,世称王荆公。晚年他退居江宁(今江苏南京)城外半山园,自号半山老人。王安石死后被赠太傅,谥号"文"。王安石的散文雄健峭拔,著有《临川先生文集》等。

王安石印象

王安石这个名字是与变法连在一起的,讲到中国历史上著名的变法,除了商鞅变法,大约就要数王安石变法了。因此,王安石在历史上的标签是改革家。

要说王安石变法,就先要说说北宋繁华下的千疮百孔。一幅《清明上河图》让后人直观了解了北宋汴京(今河南开封)的繁华,繁华虽真,然而繁华下已经风雨欲来,大厦将倾。黑夜里耀眼的灯光下人们往往只能看到醒目的东西,比如琼楼玉宇之类,黑夜掩盖了灯光照不到的断壁残垣。

北宋开国皇帝宋太祖赵匡胤原来是后周大将,通过陈桥兵变登上了皇位,他东征西战做了十八年"马上皇",统一天下的大业直到他的弟弟宋太宗赵光义时期才得以实现。赵家兄弟登上皇位的经历,使得他们很自然地对手握重兵的武将心存忌惮,同时又担忧唐朝末年及五代十国时地方割据称雄的局面重现,因此,北宋立国后,成为当权者的两人把各地的行政权、财权、军权都收归朝廷,采取中央集权制度。

北宋在政治上实行文人治国。宋初大兴科举,还采用恩荫制,官员队伍日益庞大("冗员")。军事上为抵御北方游牧民族的袭扰,实行"养兵"之策,兵员日益增多，还实行"更戍法"，以防武将专权，使得"兵无常将，将无常兵"，兵将脱节，军费开支激增（"冗兵"）。再加上天下初定，皇家大兴土木修筑宫殿、寺观等，开支巨大（"冗费"）。

北宋还有一项沉重的财务负担——输纳"岁币"。景德元年（1004），宋辽签订"澶渊之盟"，宋每年向辽输纳银十万两、绢二十万匹，到宋仁宗时增加到每年五十万两（匹）；除了辽，宋每年还向西夏输纳"岁币"二十五万五千两（匹）。有专家测算，所输纳"岁币"之数占北宋财政收入的10%左右。

《宋史·食货志》记载：治平二年（1065），全国收入11613万余（贯），支出12034万余（贯），非常支出1152万余（贯），竟然短缺1500万余（贯），已出现财政赤字。就像曹雪芹《红楼梦》里描写的贾府，"外面的架子虽未甚倒，内囊却也尽上来了"。宋神宗接手的朝政，可谓内忧外患，危机四伏。

面对这样的局面，宋神宗不甘心，他力图扭转乾坤，于是想到了王安石。嘉祐三年（1058），任提点江东刑狱期满返京述职的王安石给宋仁宗上奏了《上仁宗皇帝言事书》，要求变法图强，宋仁宗没有采纳。治平四年（1067），宋神宗即位，起用王安石为江宁知府，不久诏为翰林学士兼侍讲。熙宁元年（1068）四月，王安石提出全面变法的主张，君臣共同谋划变法。次年二月，宋神宗任命王安石为参知政事，主持变法。先是设立制置三司条例司统筹财政，之后逐年推出一系列新法，主要内容有三个方面：一是财政方面，主要有青苗法、农田水利法、免役法、市易法、方田均税法、均输法等，力求充实国库；二是军事方面，主要有保甲法、保马法、置将法和设军器监等，力求强兵；三是人才方面，改革科举和学校制度，力求选拔治理国家的人才。

从熙宁二年（1069）到元丰八年（1085）宋神宗去世，新法推行了十六年。宋哲宗即位初，高太后垂帘听政，起用司马光为宰相，新法几乎全部被废。后世对王安石变法褒贬不一。

王安石变法的目的是富国强兵，也确实成效显著，但是变法中朝廷财政收入的增长主要不是依靠发展生产，而是以加重税赋来实现。新法夺商人、地主、农民之利归朝廷，损害了社会各阶层的利益，使得反对变法的人越来越多。变法急于求成，在短短十几年时间里推行十几项改革，忽略了社会承受能力，以致怨声载道。另外，王安石用人不当也是变法失败的重要原因。

与商鞅相比，王安石是幸运的。商鞅（约前390—前338），战国时期卫国人，应秦孝公求贤令入秦，辅佐秦孝公变法图强,其法太过刻薄寡恩,秦国贵族积怨很深。秦孝公死后,商鞅因受到秦惠文王的猜忌被杀,死后还被车裂。王安石与宋神宗君臣一心,非常难得,能够实施变法十六年,时间也不算短,而且他得以善终。这大约是最好的结局了。

　　王安石不是一个迷恋官位的人,他以天下为己任,立志要富国强兵。他又是一个意志坚定的人,也可以说是个一条道走到黑的人。一旦有机会实现匡扶社稷的抱负,他便义无反顾,百折不回。

　　从个人品德来说,王安石是正直无私的,他主持变法是为了改变宋朝"积贫积弱"的国势,并且他没有谋取任何个人的私利。即使对反对变法的官员,王安石也没有把他们逼上绝路,苏东坡就是一个例子。苏东坡是王安石变法的反对者,"乌台诗案"时有人撺掇着宋神宗杀苏东坡,已退居江宁的王安石上书宋神宗:"安有圣世而杀才士者乎?"苏东坡被从轻发落,贬往黄州(今属湖北)充团练副使。

　　王安石善于雄辩,滔滔不绝,旁征博引,是一个辩论高手。他的散文逻辑性强,结构严谨,语言简洁,说理透彻,引人思考。

王安石诗文赏读

同学一首别子固

江之南有贤人焉,字子固,非今所谓贤人者,予慕而友之。淮之南有贤人焉,字正之,非今所谓贤人者,予慕而友之。二贤人者,足未尝相过也,口未尝相语也,辞币未尝相接也。其师若友,岂尽同哉?予考其言行,其不相似者,何其少也。曰:"学圣人而已矣。"学圣人,则其师若友,必学圣人者。圣人之言行,岂有二哉?其相似也适然。

予在淮南,为正之道子固,正之不予疑也。还江南,为子固道正之,子固亦以为然。予又知所谓贤人者,既相似,又相信不疑也。

子固作《怀友》一首遗予,其大略欲相扳以至乎中庸而后已。正之盖亦常云尔。夫安驱徐行,辅中庸之庭,而造于其堂,舍二贤人者而谁哉?予昔非敢自必其有至也,亦愿从事于左右焉尔。辅而进之,其可也。

噫！官有守，私有系，会合不可以常也，作《同学一首别子固》，以相警且相慰云。

〔注释〕

同学：一起学习圣人之道。一首：一篇。子固：曾巩(1019—1083)，字子固，南丰(今属江西)人，欧阳修的门生，著有《元丰类稿》。正之：孙侔(1019—1084)，字正之，吴兴(今浙江湖州)人。多次参加科考未中进士，客居江淮间。相过：交往。相语：交谈。辞币：书信、礼物。适然：理所当然之事。扳(pān)：同"攀"，援引。安驱：驾车稳当。辚(lìn)：车轮碾过。造于：到达。

庆历元年(1041)，王安石与曾巩同时应试礼部。第二年，王安石得中，派任扬州签判，曾巩落第还乡。庆历三年(1043)三月，王安石于任上告假回故乡临川，并拜访曾巩，这篇文章大约写于这个时候。

王安石在文章开头就毫不吝啬地表达了对曾巩、孙侔这两位好友的仰慕与认可："江南有一位贤人，字子固，他不是现在通常所说的那种贤人，我因为仰慕他而与他结交为友。淮南有一位贤人，字正之，他同样不是现在通常所说的那种贤人,我也因为仰慕他而与他结交为友。这两位贤人从没有互相往来,也没有互相交谈,更没有互赠过礼物。他们的老师和朋友,难道都是相同的吗?我留意他们的言行,发现他们的不同之处非常少。可以说:'也许这是他们学习圣人的缘故。'既然他们学习圣人,那么他们的老师和朋友也一定是学习圣人之人。难道圣人的言行会有不一样的吗?所以,他们两人的言行就必然相似。"

虽然子固与正之两人并无往来,但是王安石在淮南时,对正之说起子固的言行,正之丝毫不怀疑他说的话。王安石回到江南时,对子固说起正之的言行,子固同样相信他的话。两位友人的言行和品格让王安石深有启发:"被人们称为贤人的人,他们的言行不但相似,而且还互相深信不疑。"这里点明了学圣人的关键是要把圣人之道落实在自己的言行上。

子固与正之的相似之处,更在于他们的处世之道。王安石回想起子固曾赠他一篇《怀友》,其大意是希望互相帮助,以践行中庸之道,而正之也曾经这样说过。由此,王安石提出,评判一个人是不是贤人,不应以世俗的眼光去看待,而要看他是否践行了圣人的中庸之道。他感叹道:"践行中庸之道而到达理想的境界,除了这两位贤人,还有谁能这样呢?虽然我以前不敢确定自己是否能践行中庸之道而到达理想的境界,但也愿意跟随他们的步伐一直向前。"

感叹着有官职在身,而大家又都有各自的牵挂,故而不可能经常相聚,王安石写下《同学一首别子固》一文,送给友人,以互相告诫与互相慰勉。他多么希望多一些像曾巩、孙侔这样践行圣人中庸之道的贤人,大家一起为天下兴、百姓安而竭尽全力。虽然此时他们三人都还没有得到施展才能的机会,但互相勉励的情谊可见一斑。

这篇文章尽管立意高远,却不唱高调,以平实论贤人,以君子相交论操守,以中庸之道论兼济天下。从这篇文章里已经可以看出王安石变法的端倪,他要做的不是世俗眼光中的"贤人",他要做的是践行圣人中庸之道的"贤人",为天下兴、百姓安死而后已。回望王安石的改革之路,他时时刻刻践行着中庸之道,从不迷恋官位,甚至曾多次拒绝朝廷的任命。他不谋私利,以天下为己任,以变法求富国强兵。虽然后世对王安石变法褒贬不一,但他的品格与言行绝不会招致丝毫的怀疑。

⊙江苏南京秦淮河(凌雁摄)

游褒禅山记

褒禅山亦谓之华山,唐浮图慧褒始舍于其址,而卒葬之;以故其后名之曰"褒禅"。今所谓慧空禅院者,褒之庐冢也。距其院东五里,所谓华山洞者,以其乃华山之阳名之也。距洞百余步,有碑仆道,其文漫灭,独其为文犹可识,曰"花山"。今言"华",如"华实"之"华"者,盖音谬也。

其下平旷,有泉侧出,而记游者甚众,所谓前洞也。由山以上五六里,有穴窈然,入之甚寒,问其深,则其好游者不能穷也,谓之后洞。余与四人拥火以入,入之愈深,其进愈难,而其见愈奇。有怠而欲出者,曰:"不出,火且尽。"遂与之俱出。盖予所至,比好游者尚不能十一,然视其左右,来而记之者已少。盖其又深,则其至又加少矣。方是时,予之力尚足以入,火尚足以明也。既其出,则或咎其欲出者,而予亦悔其随之而不得极夫游之乐也。

于是予有叹焉。古人之观于天地、山川、草木、虫鱼、鸟兽,往往有得,以其求思之深而无不在也。夫夷以近,则游者众;险以远,则至者少。而世之奇伟、瑰怪,非常之观,常在于险远,而人之所罕至焉,故非有志者不能至也。有志矣,不随以止也,然力不足者,亦不能至也。有志与力,而又不随以怠,至于幽暗昏惑而无物以相之,亦不能至也。然力足以至焉,于人为可讥,而在己为有悔;尽吾志也而不能至者,可以无悔矣,其孰能讥之乎?此予之所得也!

余于仆碑,又以悲夫古书之不存,后世之谬其传而莫能名者,何可胜道也哉!此所以学者不可以不深思而慎取之也。

四人者:庐陵萧君圭君玉,长乐王回深父,余弟安国平父、安上纯父。至和元年七月某日,临川王某记。

〔注释〕

褒禅山:古称华山,在今安徽马鞍山含山东北。浮图:梵语译音,这里指和尚。慧褒:唐初三大高僧之一,与玄奘、鉴真齐名。慧空禅院:慧褒禅师在华山结庐潜修二十多年,圆寂后就葬在华山,其弟子将华山改名为褒禅山,并兴建寺院,称慧空禅院。庐冢(zhǒng):守坟者居住的屋舍。冢,坟墓。仆道:倒在路旁。漫灭:因风化而字迹模糊不清。侧出:从旁边涌出。拥火:手持火把。求思:思索。观:景观。昏惑:迷惑。庐陵:今江西吉安。长乐:今属福建。

王安石的这篇文章写于至和元年（1054）。这年四月，王安石从舒州通判任上辞职，在回家探亲途中与两个弟弟（王安国，字平父；王安上，字纯父）和友人（庐陵人萧君圭，字君玉；长乐人王回，字深父）游览褒禅山，同年七月写下此文，追忆游览的过程及随感。

看题目"游褒禅山记"，或许会认为这仅仅是一篇游记。其实不然。

王安石在文章开头记载了褒禅山名字的由来。褒禅山以前叫作华山。唐代高僧慧褒曾在华山修行，死后葬在那里。因为这个缘故，慧褒的弟子们把华山改名为褒禅山。人们说的慧空禅院，就是当年弟子们为慧褒守墓时居住的房舍。距离慧空禅院东边五里，是人们所说的华山（阳）洞，因为它在华山之南，所以这样命名。距离山洞一百多步，有一座倒在路旁的石碑，上面的文字因风化而字迹不清，勉强能从中辨识出"花山"两个字。现在把"华"读为"华实"的"华"，是读错了音。

随后，便是一行人游玩的经历。他们向下进入山洞，里面平坦而空阔，旁边涌出一股山泉，有很多人在洞壁上留下游记、题记。这里被称为"前洞"。登山五六里，有个洞穴，漆黑而深远，一进去就感觉寒气扑面。

他们向人打听这个洞有多少深,就是那些喜欢探险的人也说没有走到过尽头,这是人们所说的"后洞"。五人手持火把往洞的深处走,前进越来越困难,而看到的景象越来越奇妙。有人走累了不想继续往前走,说:"现在不出去,等会火把就要熄灭了。"于是,大家都退了出来,却发现所到达的山洞的深度,与那些喜欢探险的人相比,大概还不足十分之一,可是看看左右两旁的石壁,上面的题记已经很少了。可见洞越深,到达的游人越少。从洞内退出来的时候,其他几人其实还有体力再往前走,火把也能够继续照明。出洞以后,便有人埋怨那个提议退出来的人,王安石也后悔跟他出来,以致没能享受到游洞的极致乐趣。

其实,记游是引子,写景也是闲笔,王安石是着意于游览过程中触发的思考。他对于这次草草结束的山洞之行颇有些感慨。古人观察天地、山川、草木、虫鱼、鸟兽,往往能有所收获,那是因为他们探究得很深、思考得很广。平坦而又路近的地方,来往方便,游览的人就很多;危险而又路远的地方,前行困难,游览的人就少了。可是世上奇妙的景观,往往就在那险阻僻远、人迹罕至的地方,因此意志不坚强的人到达不了。具有坚强的意志,也不盲从别人意见的人,如果体力不足,也到达不了尽头。既有坚强的意志又有充沛的体力，也不盲从别人意见的人，如果到了那昏暗深远、使人迷惑的地方，没有准备好必需的物品，也到达不了尽头。如果有能力达到目的而没有达到，不但会被别人讥笑，对自己来说也会有悔恨之意；全力以赴而没能达到目的，自己既不会有悔恨之意，别人也不敢讥笑。这是王安石游褒禅山所感悟到的。

游记的最后，王安石对着那座倒地的石碑，感叹古代文献未能保存好，以致后世以讹传讹。他由此得出研究者不可不深入思考，且引用资料必须谨慎的结论。

这篇文章可以看作王安石与自己的对话。此时的王安石胸怀大志，希望有机会能为改变北宋"积贫积弱"的局面做些什么，也许此时他已经有了富国强兵的对策。他告诫自己，确立了志向就不要被其他人的意见所左右；一旦有实现理想的机会，就要尽自己所能，一往无前，决不能半途而废。日后王安石主持变法，果然义无反顾，勇往直前。

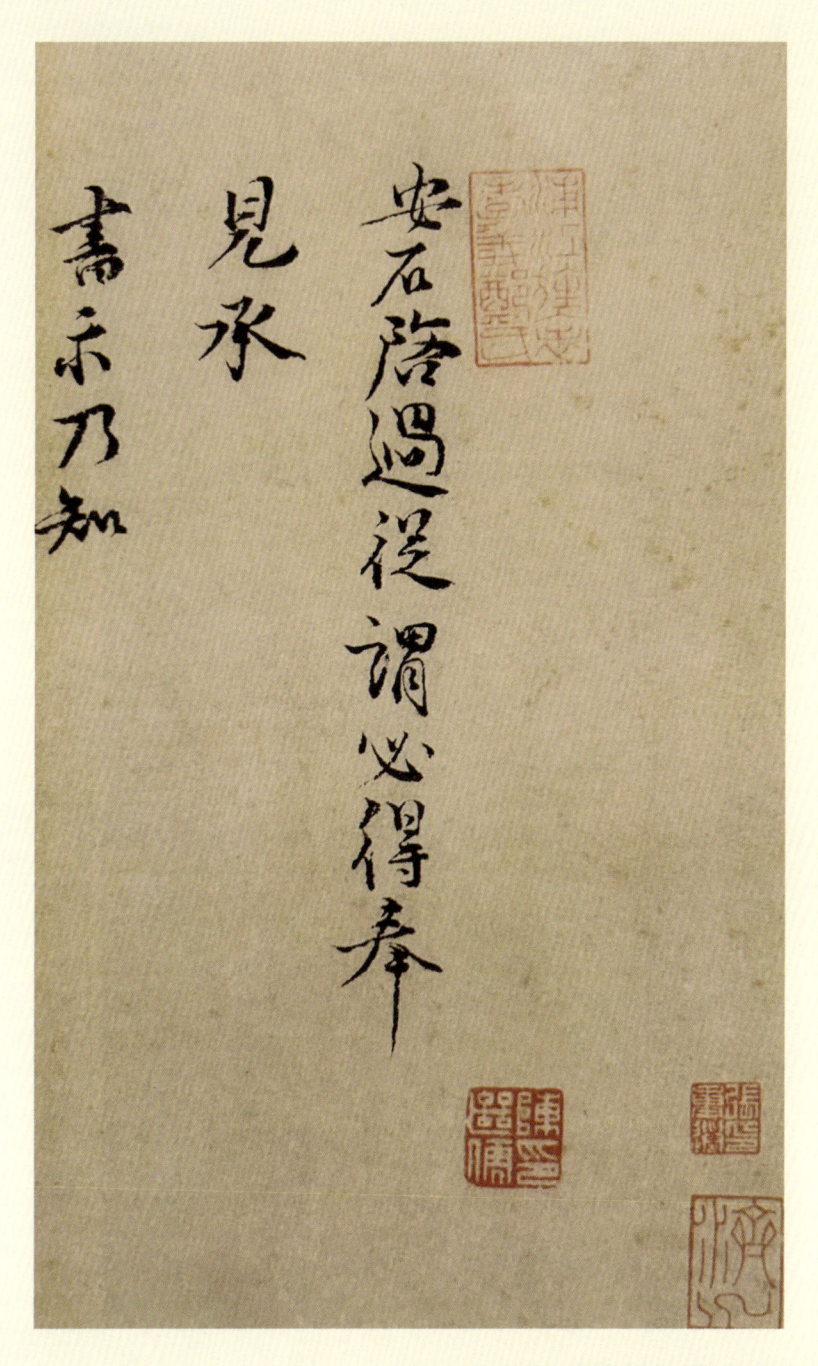

安石陪過從謂必得奉
見承
書示乃知

⊙王安石《致通判比部尺牘》（局部）

夜 直

金炉香烬漏声残,翦翦轻风阵阵寒。
春色恼人眠不得,月移花影上栏干。

〔注释〕

夜直:值夜班。金炉:铜制香炉。漏声残:计时的漏壶水将滴完,意为天快亮了。翦(jiǎn)翦:形容风轻微而带寒意。

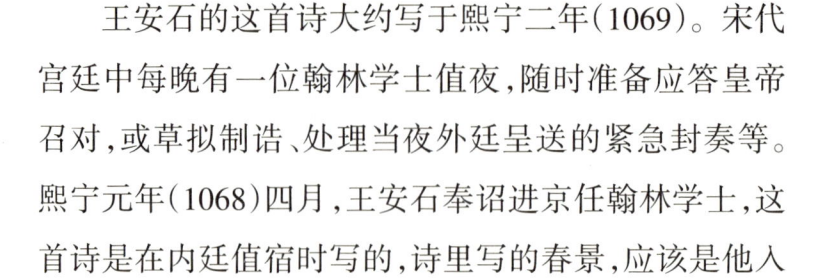

王安石的这首诗大约写于熙宁二年(1069)。宋代宫廷中每晚有一位翰林学士值夜,随时准备应答皇帝召对,或草拟制诰、处理当夜外廷呈送的紧急封奏等。熙宁元年(1068)四月,王安石奉诏进京任翰林学士,这首诗是在内廷值宿时写的,诗里写的春景,应该是他入京后第二年看到的初春景象。

王安石在嘉祐三年（1058）上过变法万言书，未被采纳，直到宋神宗即位，他才被起用，得以施展抱负。对于王安石来说，遇到了赏识他变法主张的皇帝，君臣一心，实是千载难逢的际遇。

这天晚上，王安石在宫中"夜直"。香炉里的香已经燃尽，漏壶里的水也快要滴完。后半夜的春风仍然带着阵阵寒意。也许当时无要紧的公务要办，夜深人静，他正在对变法主张反复推敲。思考得累了，他便迈步中庭。春天的景色总是那么撩人而让人无法入睡，移动的月亮把花木的影子搬上了栏杆。面对良宵春色、月移花影，王安石难掩内心的激动，顺口吟出了这首诗。

从表面上看，这首诗写的是春夜即景，只是"夜直"无事时的记录，花前月下，恬淡而闲适，似乎王安石很享受这样的日子。但如果了解王安石的仕途经历，知晓宋神宗和王安石君臣要改变大宋"积贫积弱"的局面的急迫之心，你就会感觉到这些看似平静的诗句中蕴含着怎样不平静的心情。通过变法强国富民，时不我待，更待何时？暴风雨前的宁静，静得尤为异常。

在古诗文中常有诗句与意境相反的写法，写冷是为了反衬热，写热闹是为了反衬寂寞，写欢乐是为了反衬悲凉，等等。读王安石的这首《夜直》，不禁让人猜想他是不是在用静得异常的诗句表达内心之汹涌澎湃。

元丰行示德逢

四山翛翛映赤日,田背坼如龟兆出。
湖阴先生坐草室,看踏沟车望秋实。
雷蟠电掣云滔滔,夜半载雨输亭皋。
旱禾秀发埋牛尻,豆死更苏肥荚毛。
倒持龙骨挂屋敖,买酒浇客追前劳。
三年五谷贱如水,今见西成复如此。
元丰圣人与天通,千秋万岁与此同。
先生在野固不穷,击壤至老歌元丰。

〔注释〕

元丰:宋神宗年号(1078—1085)。德逢:杨骥(生卒年不详),字德逢,号湖阴先生,是王安石退居江宁时期的邻居。翛(xiāo)翛:鸟羽破敝,此处形容草木枯萎。坼(chè):裂。龟兆:用龟甲占卜。草室:茅屋。沟车:水车。秋实:秋后的收成。雷蟠(pán):雷声充满天地。电掣:电光闪耀。

亭皋(gāo)：水边的平地。秀发：谷物生长茂盛。尻(kāo)：臀部。龙骨：水车。敖：粮仓。浇客：饮客。西成：秋季农作物收成。元丰圣人：宋神宗。壤：一种木制戏具，其形如履。相传尧时，有老人击壤而歌，赞颂太平盛世。

王安石的这首诗写于元丰四年(1081)。当时，王安石已闲居江宁城外半山园近五年。

熙宁二年(1069)，宋神宗任命王安石为参知政事，主持变法。在宋神宗的支持下，王安石推行新法，包括青苗法、免役法、农田水利法、均输法、市易法、方田均税法、保甲法和保马法等，合称富国强兵八法。新法推行十多年，成效显著。但是新法也存在不少问题：青苗法由"生财"向"敛财"演变；免役法和保甲法相互重合，致使农民出钱又出力，加重了负担；市易法操控市场过度，物价背离了供求关系，市场管制成本大于收益，既损害了商户的利益，又导致腐败丛生，效率低下；等等。新法因而遭到保守派的坚决抵制和激烈反对，王安石被迫于熙宁九年(1076)第二次辞去相位。

诗歌开篇写了农田干旱的惨状：火红的太阳照在四周山岭枯萎的草木上，干裂的田地就像龟甲的纹路。湖阴先生坐在茅屋之中，看着农户踏水车往沟渠里送水,心里盼着秋天有个好收成。忽然间雷电交加、乌云翻滚,到了半夜,密集的雨点洒向田间。干旱的禾苗有了雨水的滋润,生长繁茂,遮住了牛的身影。几乎枯死的豆苗重焕生机,豆荚长出细毛。湖阴先生一扫先前的担忧,把用不着的水车倒挂在粮仓边上,欣喜地买酒请客慰劳农户们先前的劳苦。

天降时雨,丰收在望,这让王安石不由得联想是施行新法上合天意、下得民心:三年来连年丰收,五谷的价钱贱如白水,今年的收成依然如同往年。元丰皇帝的政令与天意相通,但愿今后年年岁岁都与元丰年相同。湖阴先生您虽然不做官却不贫穷,到老都会击壤歌颂美好的元丰年代。

王安石虽闲居江宁,可仍心系变法,他在诗中描绘丰年景象,表明了自己对推行新法的坚定立场。

⊙江苏南京石头城,王安石晚年居于江宁(今江苏南京)(凌雁摄)

遇见
唐宋八大家

苏洵篇

苏洵简介

苏洵(1009—1066),字明允,眉州眉山(今属四川)人。他少时不好读书,游走四方,二十七岁开始发愤读书,考究古今治乱得失,教授苏轼、苏辙二子读书。嘉祐元年(1056),苏洵携二子进京应试,谒见翰林学士欧阳修等名臣。欧阳修很赞赏他的《衡论》《权书》《几策》等文章,认为可与刘向、贾谊相媲美,一时公卿士大夫争相传诵苏洵的文章。嘉祐三年(1058),朝廷召苏洵参加舍人院考试,苏洵借病推托,拒绝应诏。嘉祐四年(1059),经韩琦推荐,苏洵任秘书省校书郎,后为霸州文安县(今属河北廊坊)主簿,不久与陈州项城县(今属河南周口)县令姚辟一同修撰礼书《太常因革礼》。他于治平三年(1066)病逝于京师,所著《易传》尚未完成。苏洵的散文语言犀利,切中时弊,观点鲜明,论述有据,令人信服,著有《嘉祐集》。

苏洵印象

对于苏洵,想必很多人比较陌生,最鲜明的印象大概是苏洵有苏轼和苏辙两个很有出息的儿子,他们三人并称为"三苏"。尤其是苏轼,中国人谁不晓得他的大名?谁不能背诵他的几句诗词?其实,苏轼和苏辙的成才,苏洵是下了不少功夫的。养有教,父之功。

嘉祐二年(1057),苏轼和苏辙同科进士及第,那年苏轼二十岁,苏辙才十八岁,两兄弟同时高中,前无古人。一朝登龙门,天下无不知。苏轼和苏辙的才华自不必说,日后都有见证。此外,他们还有没有一点运气呢?可以说是有运气的,他们遇上了欧阳修这位主考官。欧阳修想改变五代以来陈腐晦涩、华而不实的文风,正好这一科出现了苏轼和苏辙等人,凭借着有韩愈古文遗风的应试文章,他们幸运地进士及第了。

苏洵的科举之路没法与两个儿子相比。苏洵年少时到处游历,颇有点像李白那样仗剑走天下的意味。二十五岁那年,苏洵觉得成家以后应该做点正经事,也就是做官。他以为自己比同辈人聪明,读书也没有下苦功,仓促应乡试,结果落第。苏洵受刺激而自省,翻出几百篇自己的旧作细读,不由得感叹:"吾今之学,乃犹未之学也!"他一把火烧光旧稿,下决心从头读书,并发誓学业未成，不写任何文章。日后，欧阳修为苏洵作墓志铭曰："年二十七，始发愤读书。"

此后苏洵闭门苦读诗书，后来还成为苏轼和苏辙兄弟的老师。近二十年后，苏洵读书破万卷，终于精通六经及百家之说，写文章达到了下笔如有神的境界。何以证明呢？一是名满京华。嘉祐元年（1056），苏洵携苏轼和苏辙两个儿子赴京赶考，经益州（今属四川）知州张方平、雅州（今属四川）知州雷简夫的推荐，见到了名臣欧阳修、韩琦等。欧阳修将他们父子三人所写的二十二篇文章（主要是苏洵的文章）上呈给朝廷，朝廷将这些文章刊印出来，士大夫们争相传阅。一时间，苏洵名满京华，学子们写文章都仿效苏洵的文风。二是苏轼和苏辙双双进士及第。如果没有苏洵悉心指教，年轻的苏轼和苏辙很难脱颖而出。苏轼的应试文章《刑赏忠厚之至论》中阐述的仁政观点，我们可以在苏洵的《张益州画像记》中找到影子，而从苏轼在各地执政时宽厚亲民的形象，可知苏轼受父亲苏洵的影响至深。

遗憾的是，此时苏洵已经四十八岁了，错过了科举考试最好的年龄，他只好走举荐的途径。之后，苏洵虽做过秘书省校书郎、霸州文安县主簿，但直至去世，他也未得到朝廷重用。

在"唐宋八大家"中,苏洵的文章普及程度远不及其他七位,这是因为其"研究方向"一直是资政。北宋建立以后,有鉴于唐末藩镇割据、五代将士乱政,采取中央集权制度,解除节度使的权力,派遣文臣做地方官,将地方的政权、财权、军权都收归中央。为了防范武将生变,将官经常轮换,兵不识将,将不识兵,致使军队战斗力下降。北宋中期,官俸和军费开支浩大,每年要向辽和西夏输纳"岁币",朝廷财政入不敷出。面对这样的局面,苏洵花了很大精力研究历代治国理政之道,苦寻改变当时"积贫积弱"情形之策,为此写了《权书》《衡论》《几策》等。从某种意义上说,苏洵的文章大多是写给皇帝和朝廷的"决策内参"。

苏洵的文章,谋篇布局精心,构思工整严谨,表达富于变化,文风古朴凝练,语言生动形象,见解独到精辟。他提倡学习古文,主张文章应"有为而作""言必中当世之过",文章要写"胸中之言"。

有意思的是,苏洵在年近四十的时候,写过一篇文章《名二子说》,说的是他为两个儿子起名字的缘由。

关于苏轼:"轮、辐、盖、轸,皆有职乎车。而轼独若无所为者。虽然,去轼,则吾未见其为完车也。轼乎,吾惧汝之不外饰也!"意思是说,乘车人用以扶手的横木"轼"与车轮、车辐、车盖等相比,似乎没什么作用。但是,马车没有扶手的横木就不完整。从某种意义上说,"轼"起到的是装饰作用。苏洵说,"我担心苏轼不注意外在的修饰"。

关于苏辙:"天下之车莫不由辙。而言车之功,辙不与焉。虽然,车仆马毙,而患亦不及辙。是辙者善处乎祸福之间也。辙乎,吾知免矣!""辙"是马车行走留下的印迹。马车行走往往会沿着前车留下的印迹,可是世人只认马车的功劳,不会提到车辙。虽然车辙无功,可如果马车翻了,车辙也不会受到牵连。苏洵说,"苏辙是会免于灾祸的"。

苏轼和苏辙的人生之路正如苏洵所预言的那样:苏轼性格直言不讳,常常因言获罪,一生饱受飘零之苦,但中国文化之车少不了"轼",没有苏轼就不完整。苏辙虽受到兄长苏轼的牵连,有时却因沉默而得以保全自身。苏辙的名声不如苏轼大,但拜相执政,官做得更大。

知子莫若父,信也。

苏洵诗文赏读

心　术

　　为将之道,当先治心。泰山崩于前而色不变,麋鹿兴于左而目不瞬,然后可以制利害,可以待敌。

　　凡兵上义;不义,虽利勿动。非一动之为害,而他日将有所不可措手足也。夫惟义可以怒士,士以义怒,可与百战。

　　凡战之道,未战养其财,将战养其力,既战养其气,既胜养其心。谨烽燧,严斥堠,使耕者无所顾忌,所以养其财;丰犒而优游之,所以养其力;小胜益急,小挫益厉,所以养其气;用人不尽其所欲为,所以养其心。故士常蓄其怒,怀其欲而不尽。怒不尽则有余勇,欲不尽则有余贪。故虽并天下,而士不厌兵,此黄帝之所以七十战而兵不殆也。不养其心,一战而胜,不可用矣。

　　凡将欲智而严,凡士欲愚。智则不可测,严则不可犯,故士皆委己而听命,夫安得不愚?夫惟士愚,而后可与之皆死。

凡兵之动,知敌之主,知敌之将,而后可以动于险。邓艾缒兵于蜀中,非刘禅之庸,则百万之师可以坐缚,彼固有所侮而动也。故古之贤将,能以兵尝敌,而又以敌自尝,故去就可以决。

凡主将之道,知理而后可以举兵,知势而后可以加兵,知节而后可以用兵。知理则不屈,知势则不沮,知节则不穷。见小利不动,见小患不避。小利小患,不足以辱吾技也,夫然后可以支大利大患。夫惟养技而自爱者,无敌于天下。故一忍可以支百勇,一静可以制百动。

兵有长短,敌我一也。敢问:"吾之所长,吾出而用之,彼将不与吾校;吾之所短,吾蔽而置之,彼将强与吾角,奈何?"曰:"吾之所短,吾抗而暴之,使之疑而却;吾之所长,吾阴而养之,使之狎而堕其中。此用长短之术也。"

善用兵者,使之无所顾,有所恃。无所顾,则知死之不足惜;有所恃,则知不至于必败。尺箠当猛虎,奋呼而操击;徒手遇蜥蜴,变色而却步,人之情也。知此者,可以将矣。袒裼而按剑,则乌获不敢逼;冠胄衣甲,据兵而寝,则童子弯弓杀之矣。故善用兵者以形固。夫能以形固,则力有余矣。

〔注释〕

治心:锤炼胆略。上义:崇尚正义。上,同"尚"。怒士:激励士兵。烽燧(suì):古代边防报警的两种信号,白天报警的烟叫"燧",夜里报警的火叫"烽"。斥堠(hòu):古代用来瞭望敌情的土堡。厌兵:厌恶打仗。邓艾(197—264):三国时魏国的将领,景元四年(263),他率兵从一条艰险的山路进攻蜀汉。缒:用绳子拴住人或东西往下放。刘禅(207—271):三国时蜀汉后主,刘备之子,小名阿斗。狎而堕其中:因轻视而落入圈套。尺棰(chuí):短木棍。袒:脱去一边衣袖,露出手臂。裼(xī):脱去上衣,露出内衣或身体。乌获:战国时秦国大力士,相传可力举千钧。

苏洵见证了北宋军事逐渐衰颓的过程,于是悉心研究古今兵法和战例,写成了论述兵法权谋的军事专著《权书》。全书一共十篇,《心术》是其中的第一篇。

"心术"一词,含义复杂,不仅指将领的心理素质,还涉及带兵谋略、制敌之道等。这篇文章从"将""兵""战"等方面逐节论述用兵的方法,多用总分结构,论述各有重点又互相联系,逻辑严密。文章所论,正反相间,全篇充满辩证思维。

"为将"本身,要修养心性。这里的品质也适用于所有人:遇大事而不乱,遇纷杂而冷静。即使泰山在眼前崩塌也必须面不改色,即使麋鹿飞奔过身边也必须目不斜视,这样才能够冷静地权衡利害得失,确定如何对付敌人。

"用兵"必须崇尚正义。此处点出了决定战争胜负的关键在于是否合乎正义。苏洵认为,如果不合乎正义,虽然有利可图也不应该用兵。用兵一时,未必会带来危害,但之后可能会发生难以应对的事情。并且,唯有正义能激发士气,然后才能立于不败之地。

"作战"的措施需要统筹布局。第一,战事发生前,要积蓄财力,平时谨慎设置报警的烽火,严格做好瞭望值守,使农民安心耕种而没有担忧。第二,战事即将发生时,要强化作战能力,用丰盛的酒食善待将士,让他们养精蓄锐。第三,战事发生时,要激励士气,在将士们取得小的胜利时,告诫他们不要满足;受到小的挫折时,及时给予鼓励。第四,战事得胜后,要保持斗志,不要让将士们完全实现自己的欲望。这样,将士们常常心怀激愤,有欲望却不能完全实现,就余勇可贾,有继续追求胜利的动力,即使已经实现天下一统,将士们也不会厌战。

由此,苏洵总结了将领与士兵的特质:将领要有智谋,令人难以捉摸,还要号令严明,令人不敢违犯。这样士兵们就能完全服从命令,舍生忘死地作战。

摆正将与兵的位置后,还要能够"知敌"。将领应先了解敌方的君主和将领,才能冒险出奇兵。比如魏将邓艾率兵攻打蜀汉,他了解蜀汉后主刘禅昏庸无能,兵行险着,让士兵顺着绳子从山上滑入深谷进行突袭。良将能用兵力去试探敌人的强弱虚实,根据敌人的反应来决定下一步如何用兵。

"知敌"之后,如何"用兵"呢?苏洵提出主将用兵的原则:明白道理才能决定是否出兵,这样不会盲从;了解敌我态势才能决定是否增兵,这样不会丧气;懂得进退才能决定是否用兵,这样不会陷入困境。其中,"进退"是关键,将领想要"无敌于天下",就必须见了小利益不为所动,遇上小困难而不回避。忍一时、静一时,不暴露自己的作战方略,在这个过程中练就各方面本领、爱惜自己的军队,未来才能应对大利益、大困难。

更具体地讲,交战之时,如何把握"强弱"与"攻守"这两组矛盾呢?苏洵先提出"长短之术"。无论哪国的军队都有强项和弱项。如果敌人避开我方强项,专攻我方弱项,那就故意显露我方弱项,使敌人心生疑虑而退却;隐藏我方强项,使敌人因轻视而落入圈套。

他又总结了"无所顾"且"有所恃"的原则。手握一尺长的木棍，就算面对猛虎也敢于呐喊并全力击打；空着双手，就算遇上蜥蜴也会吓得面容变色而退逃，这是人之常情。懂得这个道理后，将领就可以带兵了。但"有所恃"必须与"无所顾"相结合，昂扬的斗志才是取得胜利的关键。正如一个人赤身露臂、手握利剑，抱着不得不胜的决心，那么连乌获也不敢逼近他；而如果有人头戴盔、身披甲，倚靠着武器睡觉，麻痹涣散，那么连小孩子也敢用弓箭射杀他。

善于用兵打仗的人会利用各种条件来壮大自己，以获得无穷的力量，相信苏洵研究的战术远不止以上这些。《心术》乃至《权书》全十篇提出的观点，有许多在今天仍然适用，闪烁着千年前苏洵智慧的光芒。

⊙四川眉山三苏祠

张益州画像记

至和元年秋，蜀人传言，有寇至边。边军夜呼，野无居人。妖言流闻，京师震惊。方命择帅，天子曰："毋养乱，毋助变。众言朋兴，朕志自定。外乱不作，变且中起。既不可以文令，又不可以武竞，惟朕一二大吏，孰为能处兹文武之间，其命往抚朕师？"乃推曰："张公方平其人。"天子曰："然。"公以亲辞，不可，遂行。

冬十一月，至蜀。至之日，归屯军，撤守备，使谓郡县："寇来在吾，无尔劳苦。"明年正月朔旦，蜀人相庆如他日，遂以无事。又明年正月，相告留公像于净众寺，公不能禁。

眉阳苏洵言于众曰："未乱，易治也；既乱，易治也。有乱之萌，无乱之形，是谓将乱。将乱难治，不可以有乱急，亦不可以无乱弛。惟是元年之秋，如器之欹，未坠于地。惟尔张公，安坐于其旁，颜色不变，徐起而正之。既正，油然而退，无矜容。为天子牧小民不倦，惟尔张公。尔繄以生，惟尔父母。且公尝为我言：'民无常性，惟上所待。人皆曰蜀人多变,于是待之以待盗贼之意,而绳之以绳盗贼之法。重足屏息之民,而以砧斧令。于是民始忍以其父母妻子之所仰赖之身,而弃之于盗贼,故每每大乱。夫约之以礼,驱之以法,惟蜀人为易。至于急之而生变,虽齐鲁亦然。吾以齐鲁待蜀人,而蜀人亦自以齐鲁之人待其身。若夫肆意于法律之外,以威劫齐民,吾不忍为也。'呜呼!爱蜀人之深,待蜀人之厚,自公而前,吾未始见也。"皆再拜稽首曰:"然。"

苏洵又曰:"公之恩,在尔心;尔死,在尔子孙。其功业在史官,无以像为也。且公意不欲,如何?"皆曰:"公则何事于斯?虽然,于我心有不释焉。今夫平居闻一善,必问其人之姓名,与其邻里之所在,以至于其长短大小美恶之状,甚者,或诘其平生所嗜好,以想见其为人。而史官亦书之于其传,意使天下之人,思之于心,则存之于目。存之于目,故其思之于心也固。由此观之,像亦不为无助。"苏洵无以诘,遂为之记。

公,南京人,为人慷慨有大节,以度量雄天下。天下有大事,公可属。系之以诗曰:"天子在祚,岁在甲午。西人传言,有寇在垣。庭有武臣,谋夫如云。天子曰嘻,命我张公。公来自东,旗纛舒舒。西人聚观,于巷于涂。谓公暨暨,公来于于。公谓西人:'安尔室家,无敢或讹。讹言不祥,往即尔常。春尔条桑,秋尔涤场。'西人稽首,公我父兄。公在西囿，草木骈骈。公宴其僚，伐鼓渊渊。西人来观，祝公万年。有女娟娟，闺闼闲闲。有童哇哇，亦既能言。昔公未来，期汝弃捐。禾麻芃芃，仓庾崇崇。嗟我妇子，乐此岁丰。公在朝廷，天子股肱。天子曰归，公敢不承？作堂严严，有庑有庭。公像在中，朝服冠缨。西人相告，无敢逸荒。公归京师，公像在堂。"

〔注释〕

张益州：时任益州知州张方平（1007—1091），字安道，号乐全居士，应天府南京（今属河南）人，官至参知政事。流闻：流传。朋兴：群起。文令：文教政令。屯军：驻防的军队。净众寺：又名万福寺，在成都西北。攲(qī)：倾斜。牧：管理。砧(zhēn)：铡刀下面的砧板。齐鲁：古代齐国和鲁国重视教化，被称为"礼仪之邦"。稽(qǐ)首：叩头至地面。平居：日常。祚(zuò)：皇位。垣：墙。纛(dào)：古时军队的大旗。于于：行动舒缓自得。讹：谣言。条桑：修剪桑树。涤场：清扫场地。囿(yòu)：畜养禽兽的地方。骈(pián)骈：茂盛。闺闼(tà)：妇女的住处。禾麻：泛指农作物。芃(péng)芃：植物茂盛。仓庾(yǔ)：粮仓。股肱：帝王重臣。严严：严肃、庄重。冠缨：系帽带。逸荒：安逸、荒废。

苏洵以议论文见长,但他的记事散文也非常有特色,《张益州画像记》就是这样一篇佳作。文章先叙事,讲述百姓为张公画像的事因;后议论,借讨论画像有无必要来称赞张公;再以四言诗歌叙事、抒情,重讲画像的始末,用百姓的口吻再赞张公。

至和元年(1054)秋天,蜀地传言有敌军将入侵边境。一时人心惶惶,军士受惊,百姓离乡,甚至京城也受到影响。张方平受众人推荐,前往蜀地处理此事。

了解实情后,张方平采用安抚的办法:十一月,他在上任的当天下令让兵士回营,解散守备人员,并派人对郡县长官说:"敌寇来了由我对付,无须你们劳心劳力。"第二年的正月初一,蜀地百姓和往常一样庆贺新春。就这样,张方平果然做到了,不刻意教化宣传,也不发动一兵一卒,就让蜀地摆脱了谣言的影响。

两年后,张方平奉召回京。正月里,蜀地百姓私下商量要在净众寺里挂张方平的像来供奉(类似于给他建生祠)。张方平一心想阻止,但并没有成功。

至此,文章的叙事部分结束了。接下来的议论部分展现了苏洵与众人的对话,论述了张公的治理才干与爱民之心,形象生动,给人身临其境的感觉。

在对话中,苏洵转述了张公的治理理念。在张公看来,老百姓的性情不是一成不变的,关键要看官吏如何对待他们。他希望用礼仪和法度对待百姓,不忍心用武力威胁百姓。苏洵不禁感叹道,对蜀地百姓如此厚爱的人是前所未有的。蜀地百姓听了,跪拜称是。

随即,苏洵提到了画像的事,认为张公的恩情会被世代口耳相传,也已被记在史册上,不需要百姓再为他画像了,何况他本人也不希望如此。但这一次,百姓没有被说服。他们纷纷表示,将张公的事迹载入史册,固然能让天下人记在心里;但如果音容笑貌能时常展现在眼前,人们则更能长久地记住他。

最后,苏洵满腔的感慨化为四言长诗。诗歌重述故事,并在其中增添了丰富的场景,如朝廷商议对策时,殿中的猛将、谋士多得像天上的云彩;张公来蜀时,扬起的大旗就如船上的巨帆,街巷挤满了围观的百姓。诗歌也补充了一些细节:如张公嘱托大家勿信谣言,各事农桑;两年间,庄稼大丰收,百姓安居乐业;张公被召回京后,百姓建造了庄严的殿堂,将张公的画像悬挂在殿堂的正中央,画像中,他穿着朝服、戴着冠带,如同还与大家在一起。

全文一唱三叹,层层推进,用不同的叙事手法鲜明地刻画出张方平谋略有方、宽政爱民、受民爱戴的形象。

苏洵《致提举监丞尺牍》（局部）

九日和韩魏公

晚岁登门最不才,萧萧华发映金罍。
不堪丞相延东阁,闲伴诸儒老曲台。
佳节久从愁里过,壮心偶傍醉中来。
暮归冲雨寒无睡,自把新诗百遍开。

〔注释〕

九日:指重阳节。韩魏公:韩琦(1008—1075),字稚圭,号赣叟,相州安阳(今属河南)人,天圣五年(1027)进士,曾任陕西安抚使,与范仲淹率军防御西夏,在军中声望很高。西夏请和后,他升任枢密副使,与范仲淹、富弼等主持"庆历新政",新政失败后,自请外放,做过扬州(今属江苏)、定州(今属河北)、并州(今属山西)等地知州。宋仁宗末年他再度入朝,任枢密使、宰相,封魏国公。他曾屡次上疏反对王安石变法。晚岁:年长者。罍(léi):酒器,礼器。曲台:太常寺,掌管礼乐祭祀。

苏洵的这首诗写于治平二年（1065）重阳节。当时，苏洵应邀去韩琦家赴宴，席间韩琦赋了一首诗《乙巳重阳》，散席回家后，苏洵便写下这首和诗。

乙巳重阳

苦厌繁机少适怀，欣逢重九启宾罍。

招贤敢并翘材馆，乐事难追戏马台。

藓布乱钱乘雨出，雁飞新阵拂云来。

何时得遇樽前菊，此日花随月令开。

韩琦对苏洵有知遇之恩。十年前即嘉祐元年（1056），四十八岁的苏洵经益州知州张方平、雅州知州雷简夫的推荐，携苏轼、苏辙二子入京拜访名臣韩琦、欧阳修等。韩琦、欧阳修等名流重臣读了苏洵的文章，认为他有王佐之才，交口称赞，从此苏洵成了他们的座上宾。一时苏洵誉满京华。

韩琦、欧阳修当时就向朝廷推荐了苏洵，不过富弼主张"姑少待之"，搁置了。两年之后，朝廷召苏洵面试舍人院（为皇帝起草诏令），苏洵拒绝了。又过了一年，朝廷授苏洵为秘书省校书郎，不久又以苏洵为霸州文安县主簿，编纂太常礼书，直至去世。因此，在这首诗的开头，看到宴席上金灿灿的酒器映照着他的满头白发,苏洵怎能不心生年华老去、壮志未酬之感慨呢？他感叹自己不成才,如此年纪才入得韩琦门下,虽居庙堂之高而忧其君,却不过是在太常寺和老先生们一起编纂书籍,没什么太大的成就,当不起丞相韩琦的宴请,也辜负了他的赏识和抬爱。

苏洵的这首诗表面上是对韩琦的礼遇表示感谢,其实是他慨叹自己怀才不遇。苏洵虽然名动京师,却没有得到朝廷的重用。一直以来,人人欢庆的重阳佳节,他都在忧愁中度过,忠君报国的进取之心只能偶尔借着酒意抒发。宴席散后,苏洵踏着浓重的夜色回到家中,读着韩琦的《乙巳重阳》,深感英雄迟暮,壮志难酬,久久不能入睡。

游嘉州龙岩

系舟长堤下,日夕事南征。
往意纷何速,空岩幽自明。
使君怜远客,高会有余情。
酌酒何能饮,去乡怀独惊。
山川随望阔,气候带霜清。
佳境日已去,何时休远行。

〔注释〕

　　嘉州:今属四川。龙岩:嘉州城东北四里的九龙山。往意:前行之意。高会:盛会。余情:富有感情。

　　苏洵的这首诗写于嘉祐四年(1059)第二次进京途中。嘉祐二年(1057)四月,苏洵妻子程氏病逝,苏洵父子由京返蜀奔丧。嘉祐四年六月,朝廷授苏洵为秘书省校书郎。同年十月,苏洵与二子启程第二次进京。

苏洵自认为有治国平天下的大才,"有志于当世",想干一番大事业,也得到了朝廷重臣欧阳修、韩琦的赞赏,似乎上层社会已经公认他是一位栋梁之才。可是朝廷只给了他一个虚职,他的心理落差很大,对朝廷的任命比较失望。但他之前已拒绝朝廷舍人院的面试,不便再次拒绝,也许是考虑到不应影响两个儿子的前程,只得勉强赴任。

苏洵父子夜以继日地赶路,沿途各州官员对"三苏"礼遇有加,嘉州知州就是如此。身在宴席间,苏洵的思绪却四处游离。最是秋风愁煞人,望着没有尽头的山山水水,听着身侧宾客的宴饮喧哗,苏洵心中忽然产生一种清冷孤寂的感觉:故乡已越离越远,什么时候才可以停止远行呢?

年岁渐长,漂泊他乡,既没有获得君王的倚重,也没能实现远大的抱负,也许在这一刻,欢乐喧闹的环境将风雨兼程的疲惫、不如意的人生境遇映衬得格外明显,苏洵心中弃官归乡的念头也愈发强烈。可仕途不是苏洵个人能够掌控的,即便身在高位、欣赏他的欧阳修和韩琦也不能完全左右他的仕途。苏洵只能把他的郁闷发泄在这首诗里。

⊙四川眉山三苏祠披风榭(陈晓雷摄)

遇见
唐宋八大家

苏轼篇

苏轼简介

苏轼（1037—1101），字子瞻，号东坡居士，眉州眉山（今属四川）人，嘉祐二年（1057）进士。宋神宗时，苏轼先后在杭州（今属浙江）、密州（今属山东）、徐州（今属江苏）、湖州（今属浙江）等地任职。元丰三年（1080），他因"乌台诗案"被贬谪黄州（今属湖北）。宋哲宗即位后，他任翰林学士、侍读学士、礼部尚书等职，并出知杭州、颍州（今属安徽）、扬州（今属江苏）、定州（今属河北）等，晚年因党争被贬谪惠州（今属广东）、儋州（今属海南）。宋徽宗时，他获大赦北还，途中病逝于常州（今属江苏）。宋高宗时追赠其为太师，宋孝宗时追谥"文忠"。苏轼是中国历史上的一座文化丰碑，不仅在诗、词、散文、书、画等各方面成就斐然，而且在各地执政时政绩卓著，深受百姓爱戴。

苏轼印象

一个有意思的现象。

假如问一个问题："在你们的心目中,苏东坡是怎样一个人?"不分男女老少,几乎都会回答:"苏东坡是一个伟大的诗人。"

这样的回答当然没有错,这也可以说是大众对苏东坡的普遍认知。苏东坡诗词的影响面是遍及全中国的,而且近千年以来从没有间断过。因此,才会有"苏东坡是一个伟大的诗人"这样广泛的认知。

然而,苏东坡的文化影响力绝不止于诗词。苏东坡是中国历史上的一座文化丰碑,在诗、词、散文、书、画等各方面成就斐然。中国历史上,文化"单项"的"头部名家"有很多,远不止苏东坡一位;而在诗、词、散文、书、画等方面都居于一流的全能选手,恐怕只有苏东坡一位,而且是前无古人,后无来者。此外,苏东坡还热爱生活,非常有生活情趣,并能与普通百姓平等交往,与百姓对美好生活的向往十分契合。因此,这样的苏东坡,男女老少谁不喜欢呢?

但是,苏东坡崭露头角,或者说苏东坡走上中国历史舞台,凭的并不是诗词。诗词只是他在中国历史舞台上展示光辉形象的"加分项",同时也是他陷入人生困境的"导火线"。

嘉祐元年(1056)秋,苏轼十九岁——那时他还不叫苏东坡,从眉州眉山与父亲苏洵和弟弟苏辙一起乘船去开封府参加进士考试,之后兄弟二人双双进士及第。按照宋朝的考试制度,考中进士的人还需要再经过礼部的考试,才能为官。

礼部考试考什么?写一篇政论文,要求考生阐述治国理政的观念。为什么?因为朝廷举办科举考试是为了选拔治理国家的官员,不是选拔诗人。苏轼在考场写的"高考作文"为《刑赏忠厚之至论》。文章结构严谨,文笔简练,说理透彻,考官们一致看好,最终被列为此次科考第二。

后来经过殿试,苏轼、苏辙兄弟皆得宋仁宗欣赏。宋仁宗退朝后,欣喜地对曹皇后道:"朕今日为子孙找到了两个宰相!"这也是"乌台诗案"时,苏轼危在旦夕,太皇太后曹氏出手相救的缘故。这是后话。

因此,苏轼通过科举考试做官,以一位官员的身份登上北宋的政治舞台,登上中国历史舞台,世人才开始认识苏东坡。

尽管"东坡居士"这个名号是苏轼被贬黄州时自己给自己取的,可世人都爱以东坡称呼苏轼,似乎这样称呼更亲切,仿佛在称呼一位朋友或熟人。

我也更愿意称呼苏轼为苏东坡。

苏东坡一生走南闯北,在各地为官。非常难得的是他在各地执政时都政绩卓著,官德良好,深受百姓爱戴。苏东坡的远见卓识、敢于担当、执政为民,使他成为中国古代士人"修身,齐家,治国,平天下"的典范。也许是后来他在诗、词、散文、书、画等各方面名声太大,光芒四溢,以致遮掩了他的政绩和政声。

苏东坡是一位想干事、能干事、干成事的好官,这里就说说苏东坡在徐州知州任上抗洪和在杭州知州任上疏浚西湖的事迹。

熙宁十年(1077)腊月,苏东坡在密州知州任上调任徐州知州。三个月后,徐州遭遇特大暴雨和洪水侵袭,几乎被淹没。这年八月,徐州突然又开始连降暴雨。几日之后,苏东坡登上徐州城墙,见城外已是一片汪洋,徐州城即将被洪水吞噬。苏东坡披蓑衣、穿草鞋,亲自指挥官府人员和城内百姓加固城墙。城内有富贵人家担心徐州城难保,想要逃离徐州,一时人心惶惶。苏东坡向徐州百姓承诺,他与徐州城共存亡,决不后退一步。他让人在城墙上搭建小草屋,自己就住在上面。在苏东坡的感召下,徐州百姓全力加固城墙,防止洪水进城。为了调集更多的抗洪力量,苏东坡向驻扎在徐州城里的禁军求助。按照宋朝的法度,禁军直接听命于皇帝,地方官员是没有权力调配的。在这紧急关头,禁军统领被苏东坡所感动,率军参与抗洪抢险。经过半个多月的加高和加固,徐州城保住了。又过了半个月,城外的水退了。苏东坡又请求朝廷征调夫役增筑城墙,修建护岸,以防洪水卷土重来。朝廷同意了他的请求,并给予他嘉奖。洪灾后,苏东坡又全力为徐州百姓恢复正常生活而奔波。

苏东坡在徐州短短两年时间,给徐州百姓留下了极为宝贵的财富,自他离任后一直到天启四年(1624),这五百多年里,徐州虽也遭遇河患、大水,却一直安然无恙——"自公去后五百载,水流无尽恩无穷"。

真的无法想象,一位擅长挥毫弄墨的文人,一个喜爱炖肉的美食家,一名乐于对酒当歌的雅士,与披蓑衣、穿草鞋、奔波于泥水之中几个月的官员,竟是同一个苏东坡。

我们再来说说苏东坡在杭州治理西湖的事迹。

元祐五年（1090）四月二十九日，苏东坡在杭州知州任上，他在上奏朝廷的《杭州乞度牒开西湖状》中说："熙宁中，臣通判本州，则湖之葑合，盖十二三耳。至今才十六七年之间，遂堙塞其半。父老皆言十年以来，水浅葑横，如云翳空，倏忽便满，更二十年，无西湖矣。使杭州而无西湖，如人去其眉目，岂复为人乎？"

在苏东坡离开杭州的十多年时间里，西湖被"堙塞"得越来越严重，难道这十多年里历任知州都没有看见，或者是看在眼中却又无可奈何吗？钱塘县（今浙江杭州）县尉许敦仁建言西湖可开状，其略曰："议者欲开西湖久矣，自太守郑公戬以来，苟有志于民者，莫不以此为急，然皆用工灭裂，又无以善其后。"疏浚西湖有两大难点，一是要得罪占用西湖水面的权贵，二是需要大笔经费。很可能历任知州面对这两个难点一筹莫展，以致西湖被"堙塞其半"。

根据苏东坡的判断，"更二十年，无西湖矣"，也就是二十年后西湖将完全被"堙塞"。按宋朝的法度，知州一任三年，不得连任，那么苏东坡杭州知州任满离开时，西湖应当还没有被完全"堙塞"，如果苏东坡听之任之，十七年后西湖被完全"堙塞"也怪不到他头上。但是，苏东坡不愿意，于是他出手了。

苏东坡在《杭州乞度牒开西湖状》中列出了疏浚西湖的五条理由："西湖为放生池，禁捕鱼鸟，为人主祈福……此西湖之不可废者，一也。今湖狭水浅，六井渐坏，若二十年之后，尽为葑田，则举城之人，复饮咸苦，其势必自耗散。此西湖之不可废者，二也。今岁不及千顷，而下湖数十里间，茭菱谷米，所获不赀。此西湖之不可废者，三也。而河行市井中盖十余里，吏卒搔扰，泥水狼藉，为居民莫大之患。此西湖之不可废者，四也。天下酒税之盛，未有如杭者也，岁课二十余万缗。而水泉之用，仰给于湖，若湖渐浅狭，水不应沟，则当劳人远取山泉，岁不下二十万工。此西湖之不可废者，五也。"

保护好西湖这个放生池为人主祈福，保障市民饮用水，灌溉农田，疏浚河道和保护生态，保护官营酿酒业（朝廷重要的税收来源）发展，这五条理由既光明正大又符合实际，谁会反驳？即使朝廷中有人对苏东坡不满，也不敢明着反对。

这是疏浚西湖的必要性。

那么，疏浚西湖的工程量有多大？所需费用是多少？费用从哪里来？这才是关键！

"已差官打量湖上葑田，计二十五万余丈，度用夫二十余万工。……近者伏蒙皇帝陛下、太皇太后陛下以本路饥馑,特宽转运司上供额斛五十余万石,……尚得钱米约共一万余贯石。臣辄以此钱米募民开湖,度可得十万工。……别赐臣度牒五十道,仍敕转运、提刑司,于前来所赐诸州度牒二百道内,契勘赈济支用不尽者,更拨五十道价钱与臣,通成一百道。使臣得尽力毕志,半年之间,目见西湖复唐之旧,环三十里,际山为岸,则农民父老,与羽毛鳞介,同泳圣泽,无有穷已。"

这是疏浚西湖的可行性。

讲清楚了必要性,又说明了可行性,尤其是不需要朝廷拨款,朝廷理所当然地同意了苏东坡的奏请。至于在疏浚西湖的过程中,利用挖出的葑泥构筑长堤,南起南屏山麓,北到栖霞岭下,全长近三千米,连接南山与北山,给西湖增添了一道亮丽的风景线,那完全是疏浚西湖的"副产品",说明苏东坡特别善于治理城市。

西湖疏浚完成后,苏东坡还制定了保护西湖的六条举措,"并刻石置知州及钱塘县尉厅上,常切点检"。

想为百姓办事,特别是办关乎全局又难度很大的事,光凭热情是不够的,更要有智慧,才能把事情办成。苏东坡就是这样一位优秀官员,在其位,谋其政、谋好政。

苏东坡疏浚西湖恩泽杭州近千年,杭州人把对苏东坡的感恩之情浓缩为两个字——"苏堤"。

在本文开头,我写了这样一句话:诗词只是苏东坡在中国历史舞台上展示光辉形象的"加分项",同时也是他陷入人生困境的"导火线"。因此,讲到苏东坡,就不得不说说他遭遇的"乌台诗案"。

元丰二年(1079),监察御史何正臣等上表弹劾苏东坡,说他到任湖州知州后所上的《湖州谢上表》中,暗藏讥刺朝政之意,还有一些人找出大量苏东坡的诗句作为不满朝政、诋毁中枢的罪证,由此苏东坡被拘押在御史台监狱受审。

《汉书·薛宣朱博传》记载,御史台中有柏树,栖居数千野乌鸦,后人遂称御史台为"乌台"。苏东坡因诗获罪被拘押在御史台监狱受审,所以称为"乌台诗案"。

其实,"乌台诗案"缘起于熙宁二年(1069),那年宋神宗任用王安石主持变法,苏东坡与变法派政见不合,不想卷入朝廷纷争,便要求外放。熙宁四年(1071),他被任命为杭州通判,此后又做过密州知州和徐州知州。苏东坡在各地为官时,实地看到了新法执行过程中的许多弊端,不时将所见所闻所思所虑写入诗中寄给朋友们。熙宁九年(1076),王安石被二次罢相,宋神宗亲自主导变法。元丰二年,苏东坡被任命为湖州知州,照例要上表谢恩,他在《湖州谢上表》中这样上奏:"陛下知其愚不适时,难以追陪新进;察其老不生事,或能牧养小民。"意思是说,皇帝您知道我愚钝,不合时宜,不能够与新入朝廷的年轻官员一起参与变法;知道我虽然老了但不会无端生事,安抚一方百姓还是能够做到的。苏东坡明确地表达了不与当朝新贵合作、不参与变法的态度。监察御史何正臣等据此上表弹劾苏东坡,于是反对派闻风而动。

　　王铚在《元祐补录》中对此有记载:最先把苏东坡作诗讽刺新法举报给朝廷的是沈括。熙宁六年(1073),沈括以检正中书刑房公事的身份到浙江巡查新法实行的情况,看到苏东坡的诗稿,认为涉嫌诽谤朝政,上呈宋神宗,当时宋神宗不以为意。元丰二年,负责监察百官的御史台官员李定、何正臣、舒亶等人接连上奏弹劾苏东坡,认为苏东坡攻击朝政,反对新法。宋神宗为之盛怒,下令查办苏东坡。当年七月二十八日,台吏皇甫僎携吏卒急驰湖州抓捕苏东坡。二吏卒左右夹持,拖着苏东坡出城上船押赴汴京。"拉一太守如驱犬鸡",场面十分恐怖。

　　苏东坡于七月二十八日被逮捕,八月十八日被送进御史台的监狱,八月二十日便被正式提讯。审讯的结果:苏东坡与驸马王诜、李清臣、司马光、黄庭坚等三十九人都有诗文唱和,一百多首诗有诽谤朝政的内容。

监察御史里行舒亶又根据《元丰续添苏子瞻学士钱塘集》上奏弹劾苏东坡："至于包藏祸心,怨望其上,讪渎谩骂,而无复人臣之节者,未有如轼也。"国子博士李宜之、御史中丞李定提出,苏东坡无礼于朝廷,应斩首。十二月,大理寺初判："当徒二年,会赦当原。"(《续资治通鉴长编》)也就是说,大理寺官员通过法定程序,依律判定苏东坡应受"徒二年"的惩罚,但因目前朝廷发出的"赦令",他的罪应被赦免,那也就不必惩罚。御史台反对大理寺的初判,李定和舒亶要求宋神宗对苏轼"特行废绝",说苏东坡居心险恶,"顾可置而不诛乎"。所幸当朝很多人为苏东坡求情。宰相吴充上奏宋神宗："陛下以尧舜为法,薄魏武固宜,然魏武猜忌如此,犹能容祢衡,陛下不能容一苏轼,何也?"王安石也上奏宋神宗说："安有圣世而杀才士者乎?"太皇太后曹氏的话分量更重："昔仁宗策贤良归,喜甚,曰:'吾今又为吾子孙得太平宰相两人。'盖轼、辙也,而杀之可乎?"终于,苏东坡死里逃生。十二月二十九日,圣谕下达,贬苏东坡为"检校尚书水部员外郎、黄州团练副使,本州安置"。

"乌台诗案"中受牵连的王诜、王巩、苏辙、司马光、范镇等十八人,有的被撤职,有的被降级,有的被罚款。由此,苏东坡进入人生的低谷期。

苏轼诗文赏读

刑赏忠厚之至论

尧、舜、禹、汤、文、武、成、康之际,何其爱民之深,忧民之切,而待天下之以君子长者之道也。有一善,从而赏之,又从而咏歌嗟叹之,所以乐其始而勉其终。有一不善,从而罚之,又从而哀矜惩创之,所以弃其旧而开其新。故其吁俞之声,欢休惨戚,见于虞、夏、商、周之书。成、康既没,穆王立,而周道始衰,然犹命其臣吕侯而告之以祥刑。其言忧而不伤,威而不怒,慈爱而能断,恻然有哀怜无辜之心,故孔子犹有取焉。

《传》曰:"赏疑从与,所以广恩也;罚疑从去,所以慎刑也。"当尧之时,皋陶为士。将杀人,皋陶曰"杀之"三,尧曰"宥之"三。故天下畏皋陶执法之坚,而乐尧用刑之宽。四岳曰"鲧可用",尧曰"不可,鲧方命圮族",既而曰"试之"。何尧之不听皋陶之杀人,而从四岳之用鲧也?然则圣人之意,盖亦可见矣。《书》曰:"罪疑惟轻,功疑惟重。与其杀不辜,宁失不经。"呜呼,尽之矣。

可以赏，可以无赏，赏之过乎仁；可以罚，可以无罚，罚之过乎义。过乎仁，不失为君子；过乎义，则流而入于忍人。故仁可过也，义不可过也。

古者，赏不以爵禄，刑不以刀锯。赏以爵禄，是赏之道行于爵禄之所加，而不行于爵禄之所不加也。刑以刀锯，是刑之威施于刀锯之所及，而不施于刀锯之所不及也。先王知天下之善不胜赏，而爵禄不足以劝也；知天下之恶不胜刑，而刀锯不足以裁也。是故疑则举而归之于仁。以君子长者之道待天下，使天下相率而归于君子长者之道，故曰：忠厚之至也。

《诗》曰："君子如祉，乱庶遄已。君子如怒，乱庶遄沮。"夫君子之已乱，岂有异术哉？时其喜怒而无失乎仁而已矣。《春秋》之义，立法贵严，而责人贵宽。因其褒贬之义，以制赏罚，亦忠厚之至也。

〔注释〕

刑赏忠厚之至：《尚书·大禹谟》："罪疑惟轻，功疑惟重。"孔安国传注文："刑疑附轻，赏疑从重，忠厚之至。"苏轼据此作文。哀矜惩创：以怜惜之心加以惩戒。欢休：和善。惨戚：悲哀。虞、夏、商、周之书：《尚书》有《虞书》《夏书》《商书》《周书》四部分。吕侯：周穆王时任司寇。祥刑：谨慎使用刑法。皋陶：传说中东夷族的首领。相传曾被舜任为掌管刑法的官。宥：宽恕。四岳：唐尧之臣，分掌四方的诸侯。鲧(gǔn)：传说中禹的父亲。忍人：残忍之人。遄(chuán)：快。沮：停止。已乱：制止动乱。

苏轼的这篇文章是嘉祐二年（1057）他参加礼部考试时的应试之文。当时考试的内容是对治国理政阐述自己的见解。这是一种政论性文体，称为策论，侧重于考查考生是否具有远见卓识。当然，它对于谋篇布局、概括说理、论证严实、文笔简练等也都有很高的要求。

这篇文章以忠厚立论，援引古仁者施行刑赏以忠厚为本的范例，阐发了儒家的仁政思想。开篇从古代贤明的君王起笔，写唐尧、虞舜、夏禹、商汤、周文王、周武王、周成王、周康王在位时的言行举止。他们深爱着百姓，忧百姓之忧，而且以君子、长者的姿态来对待天下人。有人做了好事，除了给他奖赏，还用歌曲来赞美他的行为，为他开始行善而感到高兴，并勉励他一辈子行善；有人做了坏事，除了处罚他，又怜惜同情他，希望他改过自新。周成王、周康王死后，周穆王继承王位，周朝的王道日渐衰落，但周穆王还是告诫大臣吕侯谨慎使用刑法。

那么应该如何进行赏罚,才能达到忠实宽厚的标准呢?苏轼引经据典,通过举例来说理。古书上说:"奖赏时如果对被奖赏者有疑问,那么还是应该奖赏,以此来推广恩泽;处罚时如果对被处罚者有疑问,则不应该处罚,因为使用刑法要谨慎。"尧在位时,皋陶掌管刑法,他三次决定处死一个人,尧却三次下令宽恕那个人。所以天下人都害怕皋陶执法无情,而赞美尧宽厚用刑。四岳建议任用鲧,尧说:"不可!鲧违抗命令,毁谤同族。"但后来他还是同意试用鲧。尧不听从皋陶处死犯人的决定,却听从四岳任用鲧的建议,这正体现了圣人的忠厚。

接着,苏轼引用《尚书》中的内容,从正反两方面进行论证。"罪行轻重有疑问时,应该从轻处置;功劳大小有疑问时,可以从重奖赏。与错杀无辜的人相比,宁可执法失误。"苏轼认为这说透了忠厚的道理:可赏可不赏时,赏则过于仁慈,还可算是君子;可罚可不罚时,罚则超出正义,就会变为残忍。所以,仁慈可以过度,正义的范畴却是不可逾越的。古人不用爵位和俸禄去奖赏,不用刀锯去行刑,是因为前者只能奖励、鼓舞得到爵位和俸禄的人,后者只能规训、劝勉受到刑罚的人,二者都不能影响没有得到赏罚的人。古代君主知道天下的善行太多,无法一一奖赏,更不要说都用爵位、俸禄来奖赏了；也知道天下的罪恶太多，无法一一处罚，更不要说都用刀锯来制裁了。因此，当赏罚有疑问时，应该以仁爱之心对待。用君子、长者的宽厚仁慈善待天下人，使天下人都能追随君子、长者的忠厚仁爱之道，这就是忠实宽厚到了极点。

最后，苏轼引用《诗经》中的说法，收束全文，突出论点。"君子乐于纳谏或怒斥谗言，祸乱都会很快止息。"君子止息祸乱不依靠特殊的本领，不根据自己的喜怒，而是遵循仁慈宽大的原则处理事务。《春秋》的大义是，立法重在严，处罚重在宽。根据《春秋》的褒贬要求来制定赏罚制度，这也是忠实宽厚到了极点。

这篇文章文辞简练而平易晓畅，结构严谨，说理透彻，并且完全脱尽五代宋初以来的浮靡艰涩之风，确是策论佳作。苏轼日后在政治生涯中，特别是在各地为官时，完全践行了他在《刑赏忠厚之至论》中阐述的仁政理念。

⊙浙江杭州孤山六一泉,苏东坡筑此亭纪念欧阳修(司马一民摄)

放鹤亭记

熙宁十年秋,彭城大水。云龙山人张君之草堂,水及其半扉。明年春,水落,迁于故居之东,东山之麓。升高而望,得异境焉,作亭于其上。彭城之山,冈岭四合,隐然如大环,独缺其西一面,而山人之亭,适当其缺。春夏之交,草木际天;秋冬雪月,千里一色;风雨晦明之间,俯仰百变。山人有二鹤,甚驯而善飞,旦则望西山之缺而放焉,纵其所如,或立于陂田,或翔于云表;暮则傃东山而归。故名之曰"放鹤亭"。

郡守苏轼,时从宾客僚吏,往见山人。饮酒于斯亭而乐之,挹山人而告之,曰:"子知隐居之乐乎?虽南面之君,未可与易也。《易》曰:'鸣鹤在阴,其子和之。'《诗》曰:'鹤鸣于九皋,声闻于天。'盖其为物,清远闲放,超然于尘垢之外。故《易》《诗》人以比贤人君子隐德之士,狎而玩之,宜若有益而无损者;然卫懿公好鹤则亡其国。周公作《酒诰》,卫武公作《抑戒》,以为荒惑败乱,无若酒者;而刘伶、阮籍之徒,以此全其真而名后世。嗟夫!南面之君,虽清远闲放如鹤者,犹不得好,好之则亡其国;而山林遁世之士,虽荒惑败乱如酒者,犹不能为害,而况于鹤乎?由此观之,其为乐未可以同日而语也。"

山人欣然而笑曰:"有是哉!"乃作《放鹤》《招鹤》之歌曰:

"鹤飞去兮西山之缺,高翔而下览兮择所适。翻然敛翼,宛将集兮,忽何所见,矫然而复击。独终日于涧谷之间兮,啄苍苔而履白石。"

"鹤归来兮东山之阴。其下有人兮,黄冠草屦,葛衣而鼓琴。躬耕而食兮,其余以汝饱。归来归来兮,西山不可以久留。"

元丰元年十一月初八日记。

〔注释〕

放鹤亭:在今江苏徐州云龙山上。彭城:今江苏徐州。云龙山人张君:张师厚,字天骥,一字圣涂,号云龙山人,北宋时人,醉心于道家修身养性之术,隐居徐州云龙山,以躬耕为生,是苏轼的好友。晦明:昏暗和明朗。俯仰百变:俯视、仰视之间,气象多变。陂(bēi)田:水边的田。傃(sù):向着。挹(yì):酌。指为张天骥斟酒。阴:北面。鹤鸣于九皋,声闻于天:鹤在曲折深远的沼泽鸣叫,声音传到天空。

语出《诗经·小雅·鹤鸣》。狎：亲近。卫懿公好鹤则亡其国：《左传·闵公二年》记载，卫懿公好鹤，给鹤封各种爵位，让鹤乘车而行。狄人伐卫，卫国兵士发牢骚说："使鹤，鹤实有禄位，余焉能战？"卫因此亡国。《酒诰》：《尚书》篇名。《抑戒》：《诗经·大雅》篇名。刘伶、阮籍：西晋"竹林七贤"中的两人，都沉醉于酒，不与世事，以避害。黄冠：道士所戴之冠。

苏轼的这篇文章写于元丰元年（1078）十一月八日，徐州知州任上。云龙山人张天骥在徐州云龙山上修建了放鹤亭，苏轼为记录登亭游览，与云龙山人宴饮交谈时的所见所闻所感，写下了这篇文章。

文章开篇先写了建亭的缘起、亭子所处环境的景色以及亭子命名的由来。

彭城被山四面合围，只在西面有一个缺口，云龙山人张天骥在东山上修建了一座亭子，正好对着那个缺口。登临东山，举目远望，自然风光奇丽而丰富：春夏之交草木繁盛，几乎与天相接；秋天皓月清辉，冬天瑞雪披覆，放眼望去，千里同色；风雨交加，阴晴晦明之间，景色瞬息万变。云龙山人居住在清丽幽雅的环境中，又养了两只鹤以陶冶情操，增加隐居生活的情味。早晨，他将鹤朝着西山的缺口放飞，任其自由翱翔，它们有时在水边的田里伫立,有时在云海之上飞翔;到了晚上,它们就飞回东山,陪伴在他身边。所以,云龙山人给这座亭子取名叫"放鹤亭"。

　　当时,苏轼带着宾客、随从去拜访云龙山人,在放鹤亭里饮酒作乐。苏轼十分敬重这位隐士,认为像他这样隐居的快乐,即使贵为国君也难以比拟。自古以来,鹤就代表着高雅的品行、高洁的情操、高远的志向,给人以清净、幽远、闲适之感,仿佛超脱世俗之外,因此《易经》《诗经》都把鹤比作圣人君子。

　　看着远空自在翱翔的鹤,品着杯中清洌醇香的酒,苏轼产生了新的感悟。对于鹤,隐居的人亲近它有益而无害,卫懿公却因宠爱它而丧志亡国;对于酒,周公作《酒诰》、卫武公作《抑戒》来批判它带来的灾祸,刘伶、阮籍之辈却凭借它保全了真性情并闻名于后世。因此,君主即使追求鹤所代表的清净、幽远、闲适,也不能过分享受,否则就可能亡国;超脱世俗、隐居山林的贤士即使行为荒唐、沉醉于酒,也不会造成祸害,更何况养鹤、喜爱鹤呢?由此看来,君主之乐和隐士之乐是不可相提并论的。对于苏轼的感慨,云龙山人欣然认同,当即作《放鹤》《招鹤》之歌以抒其志。

　　登高望远,把酒临风,自有一番旷然快意在心头;与隐士交游,有白鹤作伴,更增添了几分风雅之趣。这样的乐趣,是埋首功名、醉心利禄、蝇营狗苟之人难以企及的。苏轼带着宾客、随从游山玩水,欣赏美景,发出感慨,仿佛他在徐州的日子过得轻松愉快,无可忧愁。其实不然,一年前,苏轼和徐州百姓刚结束与洪水的搏斗,度过了一场生存危机。

读《放鹤亭记》这篇游记可以发现,苏轼只在开头提了一句"彭城大水",丝毫感觉不到他经历了生死考验,感觉到的只有云淡风轻。眼前云龙山人的生活,触发了他对陶渊明式的、无忧无虑的隐居生活的向往,更让他将功名利禄视为身外之物。

出世与入世的想法,始终在很多士大夫身上轮换,苏轼也不例外。在其位,谋其政、谋好政,其中的艰辛不说也罢,苏轼历来如此。

轼啓前日少致區區 重煩
誨答且審
台候康勝感慰兼極
歸安丘園早歲共有此意
公獨先獲其漸 堂勝企羨 但恐

○苏轼《归安丘园帖》（局部）

辛丑十一月十九日既与子由别于郑州西门之外,马上赋诗一篇寄之

不饮胡为醉兀兀,此心已逐归鞍发。
归人犹自念庭帏,今我何以慰寂寞。
登高回首坡垅隔,但见乌帽出复没。
苦寒念尔衣裘薄,独骑瘦马踏残月。
路人行歌居人乐,童仆怪我苦凄恻。
亦知人生要有别,但恐岁月去飘忽。
寒灯相对记畴昔,夜雨何时听萧瑟?
君知此意不可忘,慎勿苦爱高官职。

〔注释〕

辛丑:嘉祐六年(1061)。兀兀:昏沉的样子。庭帏:父母的住处。畴昔:往昔。萧瑟:秋风吹动草木的声音。苦爱:久爱。

苏轼的这首诗写于嘉祐六年。苏轼、苏辙兄弟在嘉祐二年(1057)同科进士及第,嘉祐六年又同举制策入等。苏轼被任命为凤翔(今属陕西)签判,苏辙因在《御试制科策》中直言批评宋仁宗,在朝廷引起轩然大波,便自请留京侍父。十一月苏轼离京赴任,苏辙由汴京(今河南开封)一直把苏轼送到郑州(今属河南)西门外才告别。这是苏轼第一次与苏辙远别。

苏轼、苏辙兄弟情深至极。"患难之中,友爱弥笃,无少怨尤,近古罕见。"《宋史·苏辙传》这样评价苏轼、苏辙的兄弟情,事实也确是如此。苏轼给苏辙写过许多诗词,苏辙都有应答。这大约是苏轼写给苏辙最早的一首诗,难舍难分的心情溢于言表。

面对离别,苏轼没有喝酒,却觉得头脑昏沉,是因为他的心已随着弟弟一同远离。苏轼想到,弟弟在归途中还能思念家中的老父,自己却没有什么能够用来慰藉孤独的心灵,只能站在高处,眺望弟弟远去的身影。尽管如此,因为山坡起伏,路途迂回,他只能看见弟弟的乌帽忽隐忽现,渐渐远去。当时已是凛冽寒冬,看着弟弟在清冷的残月下独自骑着瘦马归去,苏轼不由得担心弟弟衣着单薄,不耐寒,又没有亲人陪伴,太孤单。终于看不见弟弟的身影了,苏轼才闷闷不乐地起程。路上有人快乐地边走边唱歌，童仆看见了，便劝慰苏轼不应该一脸愁苦。"人有悲欢离合，月有阴晴圆缺，此事古难全。"苏轼当然知道人生中分别是常态的道理，只是唯恐时光飞逝太快，相聚太短暂，离别后命运无常，难以重逢。

关于诗里的"寒灯""畴昔"，有这样一个故事。

嘉祐六年秋，苏轼、苏辙兄弟赴汴京应制试科，途中旅居怀远驿。一夜风雨大作，兄弟俩读韦应物的诗，有感于进士及第后为官必定会兄弟分离，于是相约不留恋高官的职位，适时早退共聚。

苏辙在《逍遥堂会宿并引》中说："辙幼从子瞻读书，未尝一日相舍。既壮，将游宦四方，读韦苏州（韦应物做过苏州刺史）诗至'安知风雨夜，复此对床眠'，恻然感之，乃相约早退，为闲居之乐。故子瞻始为凤翔幕府，留诗为别曰'夜雨何时听萧瑟'。"

苏轼在这首送别诗中，想起了过去与弟弟的约定，于是问道：我们兄弟二人要何时才能再次一同在夜雨中聆听草木瑟瑟？苏轼这一问，也是在提醒苏辙，希望他不要贪恋权势、艳羡富贵，而是保持一颗淡泊高远的心。能够远离纷繁世俗，与亲人相伴，过上平静安乐的生活，这何尝不是一种幸福呢。

游金山寺

我家江水初发源,宦游直送江入海。
闻道潮头一丈高,天寒尚有沙痕在。
中泠南畔石盘陀,古来出没随涛波。
试登绝顶望乡国,江南江北青山多。
羁愁畏晚寻归楫,山僧苦留看落日。
微风万顷靴文细,断霞半空鱼尾赤。
是时江月初生魄,二更月落天深黑。
江心似有炬火明,飞焰照山栖乌惊。
怅然归卧心莫识,非鬼非人竟何物?
江山如此不归山,江神见怪警我顽。
我谢江神岂得已,有田不归如江水。

〔注释〕

金山寺:在今江苏镇江西北的金山上,宋时山在江心。
中泠:中泠泉,在金山西面。石盘陀:巨石。初生魄:新月。

苏轼的这首诗写于熙宁四年(1071)。熙宁三年(1070),苏轼在京城任殿中丞直馆判官告院,权开封判官。王安石推行新法,苏轼上书直言不讳批评新法后,深感仕途险恶,请求外放。熙宁四年,三十六岁的苏轼被任命为杭州通判。他在上任途中,经过镇江,拜访城外金山寺的宝觉、圆通二僧,夜宿寺中,观赏长江夜景,有感而发,写下这首诗。

苏轼的家乡在长江的发源地,江水一路流入大海,也一路送他踏上仕途为官。因而站在这壮观的江潮前,望着被江水裹挟而四处翻涌的泥沙,以及自古以来出没于浪涛之中的巨石,一动一静之间,他自然而然产生了命运无常、漂泊无依的感慨。登上山顶,遥望家园,无论江南江北,他目之所及都是青山,重重叠叠,横亘在他与故乡之间,又怎能不唤起心中的乡愁?

暮色渐沉,羁旅在外的苏轼担忧找不到归舟而急于离去,但最终没能拒绝僧人的多次挽留。日落时分,微风吹起的万顷波涛像细细的鱼鳞,空中晚霞如同殷红的鱼尾。新月升起又落下,天空一片漆黑,长江江心好似有火把照明,火焰惊起了栖息的鸟儿。美丽奇异的景象在眼前迅速变换又一一消散,转瞬即逝的美好无法长久,只能增添心中的忧愁。游赏归来,苏轼满怀惆怅地回到僧舍,他想不明白江心的火光到底是何物。看到如此江山却还不回到家乡,江神会不会责怪他秉性愚顽?苏轼想到自己没能归家,却像奔逝的江水一般渐行渐远,只能在心中向江神道歉,为他羁旅漂泊的身不由己,为他被尘俗牵绊的无可奈何。

这首诗写金山寺山水形胜,写长江的夕阳美景和深夜的江心奇景,通过长江,把这些景物与家乡联系起来,同时也形象地把江水与"宦游"联系起来。滔滔江水东流是自然现象,谁也无法改变。士子读书科考进而为官,踏上"宦游"之途,也正似江水东流,一旦开始就难以回头。这首诗反映了苏轼对现实中政治角斗和官场倾轧的厌倦之情,以及无法回到家乡过安静的田园生活的无奈之心。

⊙浙江杭州龙井苏东坡与辩才雕塑(司马一民摄)

-苏轼篇- 161

遇见
唐宋八大家

苏辙篇

苏辙简介

苏辙（1039—1112），字子由，号颍滨遗老，眉州眉山（今属四川）人，嘉祐二年（1057）进士。殿试时，苏辙对宫禁朝廷之事直言批评，而且言辞激烈。考官胡宿认为苏辙对宋仁宗不敬，要求黜落苏辙。考官司马光、范镇等将苏辙列为第四等，三司使蔡襄力保苏辙。宋仁宗说："以直言召人，而以直言弃之，天下其谓我何？"于是苏辙被录用，任命为秘书省校书郎、商州（今属陕西）军事推官。宋哲宗朝，苏辙做过右司谏、御史中丞、尚书右丞、门下侍郎（副宰相）等，宰相蔡京掌权时降为朝请大夫。他晚年居住在颍昌（今属河南），闭门谢客十余载，整理旧著、教育子弟。宋高宗时追赠其为太师、魏国公，宋孝宗时追谥"文定"。苏辙生平学问深受父兄影响，他擅长政论和史论散文，著有《栾城集》。

苏辙印象

苏辙是个才华横溢的人。假如不与他哥哥苏东坡站在一起,他肯定会是一个更为后世读书人景仰的人。可是上天似乎有点不公平,让苏辙和苏东坡同时登上历史舞台,苏辙一生的光芒大多被他哥哥苏东坡给掩盖了。不过苏辙对苏东坡倒是非常服气,而且照顾有加,真的做到了兄友弟恭。

苏辙也有高光时刻。苏辙的高光时刻如同电闪雷鸣,其强度超过苏东坡,虽然短暂,却震动朝廷,即使说前无古人后无来者,也不过分。

嘉祐二年(1057),苏轼和苏辙考中同科进士,一时名动京师,声名远播。同年四月,因母亲去世,兄弟二人随父苏洵返蜀奔丧,直至嘉祐五年(1060)年初,父子三人才重抵京师。同时,欧阳修、杨畋(tián)分别举荐苏轼、苏辙兄弟参加次年八月的"才识兼茂明于体用科"制科考试,也就是任职考试。谁知到了这年八月初,苏辙患病,眼看无法参加考试,不免焦急万分。时任宰相韩琦对苏轼、苏辙兄弟的才华非常欣赏,不愿意看到英才错失良机,便上奏宋仁宗:"今岁召制科之士,惟苏轼、苏辙最有声望。今闻苏辙偶病未可试,如此兄弟有一人不得就试,甚非众望,欲展限以俟。"上许之。

意思说,这次制科考试,苏轼、苏辙最有可能名列前茅,现在苏辙病了,不能参加考试,苏家兄弟只有一人来参加考试,这不是众人所希望的,请求官家将考试延期。宋仁宗同意了。这场考试延期了二十天。

考官们以为苏轼、苏辙顺利通过考试是没有悬念的,谁也没有想到,领受皇恩特别照顾的苏辙,居然写了一篇《御试制科策》,点评宋仁宗自继位以来的施政得失,直言不讳地批评宋仁宗,二十一岁的年轻人真是初生牛犊不怕虎。

这篇《御试制科策》对宋仁宗朝和宋仁宗的批评大致有这样一些内容:对西夏一味求和,无所作为;宋仁宗好色无度,宫中有姬妾一千多人,并且把宋仁宗与夏太康、商祖甲等历代六个因好色误国的昏君相提并论;批评宋仁宗浪费财富,沉迷于各种珍宝玩物;认为百姓税赋过重,吏治不善;等等。文章中有些内容属实,有些内容则是道听途说,但措辞对宋仁宗大有不敬。

苏辙的这篇文章在朝廷引起轩然大波,考官胡宿认为其言辞大不敬且所论不实,此科不取;但司马光与范镇却认为苏辙敢于直言,值得嘉许。最后他们把矛盾上交,由宋仁宗定夺。宋仁宗看了文章后说了这样一句话:"以直言召人,而以直言弃之,天下其谓我何?"意思是说:"我说要召直言敢谏的人,现在因为苏辙直言而不录用,天下人会怎么看我呢?"于是,苏辙被录用,名列第四等。他的哥哥苏轼被列为第三等。宋朝建立以来百年,第一等、第二等始终空缺,实际上是虚列的。第三等就是第一,第四等就是第二。不得不说,宋仁宗的肚量够大。

苏辙的高光时刻光芒够足吧。

此后苏辙不管是面对皇帝还是面对顶头上司,不管是身在中枢还是外放做官,对政务都直言不讳,从不看人脸色行事,从不计较个人利益得失。苏辙的很多真知灼见,得不到朝廷的重视和采纳,但他还是一如既往地建言献策。正因为如此,苏辙在仕途上起起伏伏,很难有大展身手的机会。

苏辙与哥哥苏东坡的感情非常好,读他们兄弟之间的诗词唱和,会感觉苏辙更像哥哥。两兄弟性格迥异,苏东坡开朗豁达,苏辙相对性格沉稳。有人做过统计,苏家两兄弟唱和的诗词有两百多首,其中有不少是苏东坡写给苏辙诉说心中的苦闷,或者对世事发牢骚,或者说说官场的身不由己,还有就是表达思念苏辙之情。苏辙应答而作的诗词多半在安慰苏东坡。

嘉祐六年(1061),苏东坡外放任凤翔(今属陕西)签判,苏辙送苏东坡赴任,从汴京一路送到郑州,这是兄弟俩第一次分别。苏辙归途中经过渑池[今河南渑州西。苏辙曾于嘉祐五年(1060)授渑池主簿,未赴任],写下《怀渑池寄子瞻兄》一诗。

怀渑池寄子瞻兄

昔与子瞻应举,过宿县中寺舍,题其老僧奉闲之壁。

相携话别郑原上,共道长途怕雪泥。

归骑还寻大梁陌,行人已渡古崤西。

曾为县吏民知否,旧宿僧房壁共题。

遥想独游佳味少,无言骓马但鸣嘶。

苏东坡收到后,写了和诗:

和子由渑池怀旧

人生到处知何似?应似飞鸿踏雪泥。

泥上偶然留指爪,鸿飞那复计东西?

老僧已死成新塔,坏壁无由见旧题。

往日崎岖还记否?路长人困蹇驴嘶。

踏上仕途,身不由己,兄弟分别必将是常态,惆怅万分的情绪浓缩在这两首诗里。

见证苏家兄弟情感的最著名的诗是苏东坡写的《狱中寄子由二首》,当时苏东坡误以为自己被判死刑,就写下两首诗作为遗言,让狱卒交给苏辙。

狱中寄子由二首

其一

圣主如天万物春,小臣愚暗自亡身。
百年未满先偿债,十口无归更累人。
是处青山可埋骨,他年夜雨独伤神。
与君世世为兄弟,更结来生未了因。

其二

柏台霜气夜凄凄,风动琅珰月向低。
梦绕云山心似鹿,魂飞汤火命如鸡。
眼中犀角真吾子,身后牛衣愧老妻。
百岁神游定何处,桐乡知葬浙江西。

"与君世世为兄弟,更结来生未了因",道出了苏东坡和苏辙同舟共济、生死与共的兄弟情谊,这样的诗句读来真是催人泪下。

苏辙诗文赏读

六国论

尝读六国世家,窃怪天下之诸侯,以五倍之地,十倍之众,发愤西向,以攻山西千里之秦,而不免于灭亡。常为之深思远虑,以为必有可以自安之计,盖未尝不咎其当时之士虑患之疏,而见利之浅,且不知天下之势也。

夫秦之所与诸侯争天下者,不在齐、楚、燕、赵也,而在韩、魏之郊;诸侯之所与秦争天下者,不在齐、楚、燕、赵也,而在韩、魏之野。秦之有韩、魏,譬如人之有腹心之疾也。韩、魏塞秦之冲,而弊山东之诸侯,故夫天下之所重者,莫如韩、魏也。昔者范雎用于秦而收韩,商鞅用于秦而收魏,昭王未得韩、魏之心,而出兵以攻齐之刚、寿,而范雎以为忧。然则秦之所忌者可见矣。

秦之用兵于燕、赵,秦之危事也。越韩过魏,而攻人之国都,燕、赵拒之于前,而韩、魏乘之于后,此危道也。而秦之攻燕、赵,未尝有韩、魏之忧,则韩、魏之附秦故也。夫韩、魏,诸侯之障,而使秦人得出入于其间,此岂知天下之势邪！委区区之韩、魏，以当强虎狼之秦，彼安得不折而入于秦哉？韩、魏折而入于秦，然后秦人得通其兵于东诸侯，而使天下遍受其祸。

夫韩、魏不能独当秦，而天下之诸侯藉之以蔽其西，故莫如厚韩亲魏以摈秦。秦人不敢逾韩、魏以窥齐、楚、燕、赵之国，而齐、楚、燕、赵之国因得以自完于其间矣。以四无事之国，佐当寇之韩、魏，使韩、魏无东顾之忧，而为天下出身以当秦兵；以二国委秦，而四国休息于内，以阴助其急，若此，可以应夫无穷，彼秦者将何为哉！不知出此，而乃贪疆场尺寸之利，背盟败约，以自相屠灭，秦兵未出，而天下诸侯已自困矣。至于秦人得伺其隙以取其国，可不悲哉！

〔注释〕

世家：纪传体史书的组成部分，记述世袭封国的诸侯之事。山西：战国、秦、汉时期，通称崤山或华山以西为山西，这里指崤山以西。郊：泛指国土。塞：阻塞。冲：要冲。范雎（？—前225）：字叔，战国时魏国人，后入秦，劝说秦昭王收服韩国。商鞅（约前390—前338）：战国时卫国人，后入秦，劝说秦孝公伐魏。刚、寿：齐地，均在今山东。出身：献身。阴助：暗中帮助。疆埸（yì）：边界。

苏辙的这篇文章大约写于元祐年间（1086—1094）。

文章以苏辙读《史记》六国世家而产生的思考起笔，开篇设问：为什么天下诸侯凭借比秦国大五倍的土地、多十倍的兵力，合力向西进军，攻打崤山以西只有方圆千里的秦国，却避免不了全部灭亡的结局？在苏辙看来，六国其实有能够保全自身的计策，是当时的一些谋臣对忧患考虑不足，只图谋表面的利益，而不了解天下大变的趋势，造成了六国覆灭的后果。

首先，苏辙指出了秦国和诸侯争夺天下的关键在于韩、魏两国的国土。韩、魏两国对秦国来说，就好比人的心腹之患。它们堵塞了秦国出入的要道，成为崤山以东所有国家的屏障，是秦国眼中全天下最重要的战略要地。范雎、商鞅都是出色的谋士，虽然两人身处不同时期，但在入秦后，均竭力主张收服韩、魏，而秦昭王在还未使韩、魏臣服之前，就出兵攻打齐国的刚、寿一带，范雎为此而担忧。由此就可以看出秦国所忌惮的是什么。

接着，苏辙具体论述了韩、魏两国以及其他诸侯国的战略失误。越过韩、魏两国而出兵攻打燕、赵两国,对秦国来说是很危险的,因为若是燕、赵两国在前面抵抗,韩、魏两国在后面偷袭,两面夹击,秦军就会进退维谷,陷入危局。可是秦国出兵攻打燕、赵两国时,没有受到韩、魏两国的威胁,因为它们已经归顺了秦国。作为各诸侯国的屏障,韩、魏两国居然弃兵曳甲,让秦军自由出入其国境;面对秦国的虎狼之师,各诸侯国竟然袖手旁观,陷小小的韩、魏两国于孤立无援的境地。在这样的情况下,韩、魏两国屈服归顺,秦军长驱直入,蚕食鲸吞东边各国的行径,也就不难预料了。

最后,苏辙深入分析了六国保全自身的方法。全天下的诸侯应该与韩、魏两国联合起来抵御秦国,如此一来,秦军就不敢跨越韩、魏两国来攻打齐、楚、燕、赵四国,这四国就都可以自保。齐、楚、燕、赵四国没有战事,就可以休养生息,援助面临秦国威胁的韩、魏两国,帮它们解决急难,让它们不用防备东边各国,放心地全力替全天下抵挡秦军。这样的局面持续下去,秦国能怎么办?诸侯不知道采取这种策略,却只贪图边境的微小利益,违背盟誓、毁弃约定,互相残杀同一阵营的人。秦国的军队还没出动,诸侯各国就已经自己陷入困境,让秦国抓住机会一一吞并。

苏辙从当时的"天下之势"切入,分析六国与秦国争夺天下过程中的成败得失,层层剖析,说理透彻,纵论六国自保之计,高瞻远瞩,思维缜密。这篇文章尽显苏辙的文风,没有虚张声势的腔调,没有华丽的辞藻,没有多余的铺陈,没有故弄玄虚,完全就史论道;还可以从中看出苏辙学识渊博,比兴恰当。苏辙的文章完全可以与苏轼的文章相媲美。

有意思的是,苏洵、苏轼、苏辙父子三人各写有一篇纵论天下兴衰成败的《六国论》,父子三人所论各有不同,但都鉴古知今,针砭时弊,包含资政之道。

这是前无古人后无来者的文史佳话。

⊙河南开封北宋艮岳遗石。宋哲宗朝,苏辙在汴京(今河南开封)为御史中丞、尚书右丞、门下侍郎(副宰相)(郑晖摄)

黄州快哉亭记

江出西陵,始得平地。其流奔放肆大,南合沅湘,北合汉沔,其势益张。至于赤壁之下,波流浸灌,与海相若。清河张君梦得,谪居齐安,即其庐之西南为亭,以览观江流之胜,而余兄子瞻名之曰"快哉"。

盖亭之所见,南北百里,东西一舍。涛澜汹涌,风云开阖。昼则舟楫出没于其前,夜则鱼龙悲啸于其下,变化倏忽,动心骇目,不可久视。今乃得玩之几席之上,举目而足。西望武昌诸山,冈陵起伏,草木行列,烟消日出,渔夫樵父之舍,皆可指数。此其所以为快哉者也。至于长洲之滨,故城之墟,曹孟德、孙仲谋之所睥睨,周瑜、陆逊之所骋骛,其流风遗迹,亦足以称快世俗。

昔楚襄王从宋玉、景差于兰台之宫,有风飒然至者,王披襟当之,曰:"快哉,此风!寡人所与庶人共者耶?"宋玉曰:"此独大王之雄风耳,庶人安得共之!"玉之言,盖有讽焉。夫风无雌雄之异,而人有遇不遇之变。楚王之所以为乐,与庶人之所以为忧,此则人之变也,而风何与焉?

士生于世,使其中不自得,将何往而非病?使其中坦然,不以物伤性,将何适而非快?

今张君不以谪为患,窃会计之余功,而自放山水之间,此其中宜有以过人者。将蓬户瓮牖无所不快,而况乎濯长江之清流,揖西山之白云,穷耳目之胜以自适也哉!不然,连山绝壑,长林古木,振之以清风,照之以明月,此皆骚人思士之所以悲伤憔悴而不能胜者,乌睹其为快也哉!

元丰六年十一月朔日,赵郡苏辙记。

〔注释〕

西陵:西陵峡,西起湖北省巴东县官渡口,东至宜昌市南津关,全长120千米,为长江三峡中最长的峡谷。肆大:水面宽大。沅:沅水(沅江)。湘:湘水(湘江)。汉沔:汉水。益张:更加浩荡。赤壁:赤鼻矶,在今湖北黄冈城外,苏辙误以为周瑜在此破曹操军。清河:县名,今属河北邢台。张君梦得:张梦得,即张怀民(生卒年不详),字梦得,苏轼友人,元丰六年(1083)被贬黄州(今属湖北)。一舍:古代日行军三十里即宿营,称"一舍"。举目而足:抬眼就能看见很多景观。指数:用手指点数。故城之墟:城郭遗址,指隋朝以前的黄州城。曹孟德:三国时魏王曹操(155—220),字孟德。

孙仲谋：三国时吴国的建立者孙权（182—252），字仲谋。睥睨：斜视。周瑜、陆逊：三国时东吴名将。"昔楚襄王从宋玉、景差于兰台之宫"数句：宋玉作《风赋》讥讽楚襄王骄奢。楚襄王，即楚顷襄王（？—前263），名横，楚怀王之子。宋玉、景差，楚襄王的侍臣。患：担忧。会计：指征收钱谷等事务。朔日：农历每月初一。赵郡：苏辙先世为赵郡栾城（今属河北石家庄）人。

苏辙的这篇文章大约写于元丰六年。元丰二年（1079）八月，苏轼因"乌台诗案"下狱，同年十二月被贬为黄州团练副使。苏辙上书求情，自请降职以赎苏轼之罪，"坐请监筠州（今属江西）盐酒税，五年不得调"。元丰五年（1082），苏辙去黄州看望苏轼，苏氏兄弟一道游览了黄州及其对江的武昌西山，凭吊古迹。次年，谪居黄州的苏轼好友张梦得在其住所西南建造了一座亭子以观江景，苏轼为这座亭子起名为"快哉亭"，苏辙应张梦得所请，写了这篇《黄州快哉亭记》。

身处快哉亭，能眺望方圆百里的长江美景，波涛汹涌、风云变幻，尽收眼底。长江自西陵峡奔涌而出，流入开阔平地，水面变得宽阔，水势浩浩汤汤。江水与南边的沅水、湘水以及北边的汉水汇聚之后，更加势不可挡，流到赤壁之下，如同大海一样波浪滔天。白天航船来来往往，夜间鱼龙悲声长啸，江上景物瞬息万变，触目惊心，不能长时间观看。坐在几案旁，放眼望去，能看见西面武昌群山起伏，草木排成行列，烟雾散去，日光朗照，捕鱼人、打柴人的房舍历历在目。这就是苏轼将这个亭子命名为"快哉亭"的缘故。除了自然风光令人快哉，长江岸边当年曹操、孙权傲视群雄，周瑜、陆逊驰骋战场所留下的古城废墟，以及流传下来的动人故事，也足以让世俗之人称快。

看着眼前横无际涯的秀美风光与残破黯淡的历史遗迹，苏辙不禁起了怀古之思，想到从前楚襄王带着宋玉、景差游兰台宫的故事。清风飒飒，楚襄王敞开衣襟，迎着风说："这阵风真令人畅快！我和百姓共同拥有这阵风吧？"宋玉却说："这是大王独有的雄风，百姓怎么能与您共享？"苏辙认为，宋玉的话大概含有讥讽的意思，因为风并没有雌与雄的区别，而人有生逢其时、生不逢时的不同。楚襄王感到快乐、百姓感到忧愁的原因，在于他们的境遇不同，与风毫无关系。苏辙因而感叹道："读书人生活在世间，如果心中不坦然，到哪里没有忧愁？如果胸怀坦荡，心性不受外物影响，到哪里会不快乐？"

张梦得正是如此,不以物喜,不以己悲。他不因被贬官而忧愁,公事之余暇,在大自然中放松身心,拥有超越常人的心态。苏辙不禁想象:即使用蓬草作门,以破瓦罐作窗,他也不会觉得不快乐吧?更何况如今被清澈的长江水涤荡着,与西山的白云为友,尽享耳目所及的美景让自己感到闲适,当然更觉快哉了。如果不是有超然物外之心、超脱尘俗之志,受到贬谪的失意文人士大夫来到此地,看到苍翠连绵的峰峦、幽深陡峭的沟壑、寂寥空阔的森林,被清冷的风吹拂着、皎洁的月光照耀着,如何不会勾起心底的悲苦而憔悴神伤呢?怕是根本不忍去看这样的景色,更不用说感到畅快了。

这篇文章将写景、叙事、议论融为一体,徐徐道来,从容不迫,前后通畅,过渡自然。写景,点到为止;叙事,取材切题;议论,精当简约。三个同样处在人生低谷的人相聚,意气相投,才情相当,自然会有关于"快哉"的议论。在人生的逆境中品出"快哉",这需要怎样的胸襟呢?

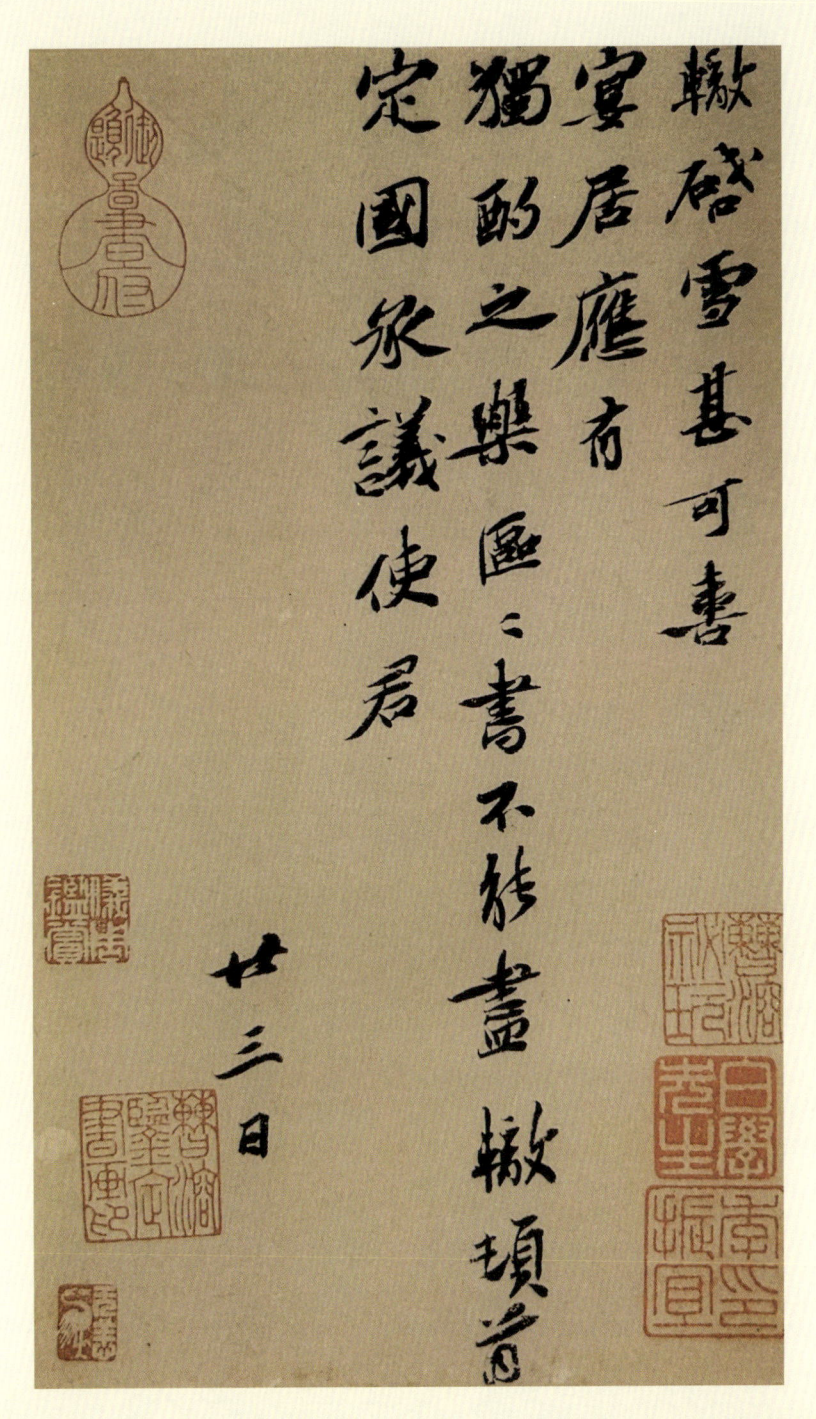

辙启雪甚可喜
宴居应有
独酌之乐区区书不能尽 辙顿首
定国承议使君

廿三日

○苏辙《致定国承议使君尺牍》

宛丘二咏并叙

宛丘城西柳湖,累岁无水。开元寺殿下山茶一株,枝叶甚茂,亦数年不开。辙顷从子瞻游此,每以二物为恨。去秋雨雪相仍,湖中春水忽生数尺。至二月中,山茶复开千余朵。因作二诗奉寄。

其一

旱湖堤上柳空多,倚岸轻舟奈汝何。
秋雨连渠添积润,春风吹冻忽生波。
虫鱼便尔来无数,凫雁犹疑未肯过。
持诧钱塘应笑我,坳中浮芥两么么。

其二

古殿山花丛百围,故园曾见色依依。
凌寒强比松筠秀,吐艳空惊岁月非。
冰雪纷纷真性在,根株老大众园希。
山中草木谁携种,潦倒尘埃不复归。

〔注释〕

宛丘:古地名,陈州治所,今属河南周口。叙:苏辙祖父名序,故苏氏兄弟行文皆以叙代序。诧:惊异。钱塘:今浙江杭州。浮芥:微小的事物。筠(yún):竹子的青皮。吐艳:呈现出艳丽色彩。潦倒:举止散漫。

苏辙的这两首诗写于陈州教授任上。熙宁元年(1068),刚继位的宋神宗任用王安石为参知政事,推行新法。苏辙反对新法中的部分举措,被贬为河南推官,他拒绝赴任。此时苏家世交张方平也因与王安石政见不合,出京任陈州知府,便推举苏辙为陈州教授。

苏辙和哥哥苏轼同样胸怀大志,因被朝廷冷落去做一个无足轻重的官派教授,不免心情沮丧。他在《初到陈州》一诗中表达了抑郁不得志的无奈:"谋拙身无向,归田久未成。来陈为懒计,传道愧虚名……"诗歌说的是他不能像陶渊明那样辞官归居田园,又没有其他安身立命的办法,来陈州传道授业解惑也不过是消磨时间、虚度光阴。仕途的失意让苏辙心灰意冷,闷闷不乐,唯有读书解忧。读书读累了,他就到柳湖边走一走,散散心。

因干旱少雨,柳湖有几年断水,仅有柳树顽强地挺立在湖堤上,原本漂荡在湖中的小船都搁浅在岸边。这年忽然秋雨连绵、冬雪飘飘,沟渠里积起水来,暖风把结冰的湖面吹开了波浪。因为水源充沛,湖边草木向荣,古寺殿堂前山茶盛开,艳丽色彩在严寒中显示出坚忍无畏的性情;无数生灵在湖水的滋养下欢快地生长繁衍,给古老的园林增添了勃勃生机。此情此景,令苏辙感到惊喜,赞叹不已时便写下《宛丘二咏并叙》寄给远在杭州的苏轼,还玩笑般地称自己是山坳里没有见过世面的微小尘埃,会让哥哥看了开怀一笑。

尽管处在仕途的低谷,虽然心中感到郁闷,年轻的苏辙仍然渴望世道的变化,渴望他的生命有机会像山茶花那样绽放。这与下一篇解读的《游西湖》一诗表达的是完全不同的心境。

游西湖

闭门不出十年久,湖上重游一梦回。
行过闾阎争问讯,忽逢鱼鸟亦惊猜。
可怜举目非吾党,谁与开樽共一杯。
归去无言掩屏卧,古人时向梦中来。

〔注释〕

　　西湖:颍昌(今属河南)的西湖。闾阎(lǘ yán):街坊的门,这里指街坊。惊猜:惊讶。吾党:朋辈。

　　苏辙的这首诗真实地记录了他晚年的生活。当时新党蔡京等人执政,元祐党人相继受到迫害。崇宁三年(1104),苏辙为避祸离开汴京,退居颍昌,直至去世。从一位敢于批评皇帝、敢于对朝政直言得失的诤臣,变为"闭门十年"、对世事静默无言的老人,可以想象,苏辙内心的苦闷和悲哀已经到了怎样的程度,这也从侧面反映了宋徽宗时朝政的黑暗程度。

当苏辙终于走出家门,再次游览西湖,不禁感到如同身在梦中。他蛰居太久,如今再度现身,不仅街坊邻居议论纷纷,游鱼和飞鸟好像也对他感到陌生,表现出惊讶和猜疑。而在这热闹繁忙、生机勃勃的人世间,苏辙感受到的是没有朋友陪伴的孤独与无人举杯共饮的忧愁。陌生人的关心和探问、鸟语花香的自然风光,都不能治愈他衰老、沧桑的内心,苏辙索然无味地回到家中,一言不发地上床睡觉。在他看来,百无聊赖地独自游赏,不如在睡梦中与旧时的朋友相见。读了这首诗,读者眼前仿佛浮现出一位饱经风霜、郁郁寡欢的老人,他生活苦闷,精神压抑,孤寂而无奈,令人动容。

苏辙晚年的诗风一改早年的轻快与壮年的稳健,变得沉郁苍凉,这与他的经历直接相关。特别是哥哥苏轼被一贬再贬,贬到儋州(今属海南),还有元祐党人四处零落后,也许他对世事已经心灰意冷,看不到柳暗花明的希望,"穷则独善其身",不得不以这样几乎与世隔绝的方式走向生命的终点。真是哀莫大于心死。这是苏辙个人的悲哀,是宋徽宗的悲哀,更是千千万万黎民百姓的悲哀。

⊙四川成都杜甫草堂浣花溪处"三苏"雕塑(王平摄)

-苏辙篇- 187

遇见唐宋八大家

曾巩篇

曾巩简介

曾巩(1019—1083),字子固,南丰(今属江西)人,嘉祐二年(1057)进士,祖父做过户部郎中,父亲做过太常博士。曾巩天资聪慧,记忆力非常强,幼时读诗书,脱口能吟诵,少年能文,庆历元年(1041)入太学,上书欧阳修,得欧阳修赏识,投入其门下学习古文。嘉祐五年(1060),他经欧阳修举荐为馆阁校勘、集贤校理,理校《战国策》《说苑》《新序》《梁书》《陈书》《唐令》《李太白集》《鲍溶诗集》和《列女传》等大量古籍,并撰写了大量序文。后被外放至越州(今属浙江)、齐州(今属山东)、襄州(今属湖北)、洪州(今属江西)、明州(今属浙江)等地做知州,颇有政绩。曾巩参与"古文运动",他的文章沉静雅重,讲求文法,穷辨事理,主张文以载道,为后世推崇,著有《元丰类稿》。

曾巩印象

在唐宋八大家中,曾巩大约是知名度相对比较低的一位。倒不是他的才情不如其他七位大家,而是他没有大起大落的经历,没有特别出彩的高光时刻,因而现在获得的关注度不及其他七位大家。

曾巩出身官宦之家,他的祖父曾致尧做过户部郎中,他的父亲曾易占做过太常博士。曾巩幼时就机智聪明,几百字的文章,读一遍就能背诵下来。曾巩十二岁时,试做"六论"(科举考试中的六道论题),提笔一气呵成,而且文辞通达。曾巩二十岁时,文名远播。欧阳修看到他的文章后大为赞赏,让他投入门下学习古文。曾巩后来成为宋代"古文运动"的代表人物。他的文才好到什么程度?嘉祐二年(1057),曾巩与苏轼同科赶考,考官欧阳修看了苏轼的文章《刑赏忠厚之至论》,误以为是曾巩作的。可见曾巩的文才与苏轼不相上下。所以,进士及第后,曾巩就奉召编校史馆书籍,不久又升迁馆阁校勘、集贤校理。曾巩对历代图书做了很多整理工作,并撰写了大量序文。当时,宋神宗因见《三朝国史》《两朝国史》是各自成书的,想将这两部书合而为一,故加授曾巩史馆修撰之职,专门来做这件事,不用其他大臣监督，很快书就修撰成了。宋神宗任命曾巩为中书舍人。当时三省百官都作了新的调整和选拔，任命的诏书每天多达十数道，诏书对每个人的职事权限等都必须阐述得简明扼要。以前这类诏书都出自翰林学士之手，宋神宗却把这些事情特别交由曾巩掌管，可见曾巩文才之高。

如果你以为曾巩仅仅是位文章高手，那就有些片面化了。他既是一位务实的官员，又是一位能体恤百姓困苦、善解百姓之忧、保一方平安的实干家。

说几件曾巩担任地方官时的事情。

曾巩出任越州通判时，当地发生了饥荒。他计算出常平仓的粮食不够供给全城百姓食用，而且城外的农民也可能进城抢购粮食。为避免出现哄抢粮食的局面，他下令越州所属各县的本地富人拿出各自储存的粮食十五万石，比照平常的价格，将这些粮食稍微加价后卖给百姓。这样，越州百姓都能够买到粮食，不用逃荒。同时，曾巩还将种子贷给农民，等到秋季缴税时一并偿还，保障了农事的顺利进行。

曾巩出任齐州知州时，遇到了难啃的"骨头"——恶霸和盗贼。曲堤有个姓周的财主，横行乡里，他的儿子杀害良民、欺辱妇女，周家结交豪权，州县官吏竟不敢追究。曾巩不信邪，把周家犯罪之人缉拿归案，按律法判刑。章丘人在村里结伙称霸，大肆抢掠，甚至敢劫官府囚车。曾巩把这伙人抓起来，依律处刑。曾巩还让乡民组成保伍，发现盗贼就击鼓传递消息，相互援助，最后成功将盗贼擒获。对于到官府自首的盗贼，曾巩对他们宽大处置，很多盗贼自首以后洗心革面，老老实实做人。一年以后，齐州各地平平安安，有的地方人们外出甚至连家门都不用关。

曾巩出任洪州知州时，遇到瘟疫大流行，他下令各县镇亭都储存药物，做好防病治病的准备。得病的百姓因生活困难自己不能调养的，曾巩将他们聚集起来，安排他们住在官舍，供给饮食、衣被等用品，还安排医生给他们诊治。曾巩要求各地把医治病人的情况都记载下来，作为政绩考核的依据。

曾巩孝顺友爱，父亲逝世后，他侍奉继母无微不至，帮助抚育了四个弟弟、九个妹妹，他们的读书、出仕和婚嫁事宜，都由他一手操办。

曾巩诗文赏读

寄欧阳舍人书

巩顿首再拜,舍人先生:去秋人还,蒙赐书及所撰先大父墓碑铭。反复观诵,感与惭并。

夫铭志之著于世,义近于史,而亦有与史异者。盖史之于善恶无所不书,而铭者,盖古之人有功德材行志义之美者,惧后世之不知,则必铭而见之。或纳于庙,或存于墓,一也。苟其人之恶,则于铭乎何有?此其所以与史异也。其辞之作,所以使死者无有所憾,生者得致其严。而善人喜于见传,则勇于自立;恶人无有所纪,则以愧而惧。至于通材达识,义烈节士,嘉言善状,皆见于篇,则足为后法。警劝之道,非近乎史,其将安近?

及世之衰,人之子孙者,一欲褒扬其亲而不本乎理。故虽恶人,皆务勒铭,以夸后世。立言者,既莫之拒而不为,又以其子孙之请也,书其恶焉,则人情之所不得,于是乎铭始不实。后之作铭者,当观其人。苟托之非人,则书之非公与是,则不足以行世而传后。故千百年来,公卿大夫至于里巷之士，莫不有铭，而传者盖少。其故非他，托之非人，书之非公与是故也。

然则孰为其人而能尽公与是欤？非畜道德而能文章者，无以为也。盖有道德者之于恶人，则不受而铭之，于众人则能辨焉。而人之行，有情善而迹非，有意奸而外淑，有善恶相悬而不可以实指，有实大于名，有名侈于实。犹之用人，非畜道德者，恶能辨之不惑，议之不徇？不惑不徇，则公且是矣。而其辞之不工，则世犹不传，于是又在其文章兼胜焉。故曰，非畜道德而能文章者，无以为也，岂非然哉！

然畜道德而能文章者，虽或并世而有，亦或数十年或一二百年而有之。其传之难如此，其遇之难又如此。若先生之道德文章，固所谓数百年而有者也。先祖之言行卓卓，幸遇而得铭，其公与是，其传世行后无疑也。而世之学者，每观传记所书古人之事，至其所可感，则往往蠹然不知涕之流落也，况其子孙也哉？况巩也哉？其追睎祖德，而思所以传之之由，则知先生推一赐于巩，而及其三世。其感与报，宜若何而图之？

抑又思若巩之浅薄滞拙，而先生进之，先祖之屯蹶否塞以死，而先生显之，则世之魁闳豪杰不世出之士，其谁不愿进于门？潜遁幽抑之士，其谁不有望于世？善谁不为，而恶谁不愧以惧？为人之父祖者，孰不欲教其子孙？

为人之子孙者,孰不欲宠荣其父祖?此数美者,一归于先生。

既拜赐之辱,且敢进其所以然。所论世族之次,敢不承教而加详焉?愧甚,不宣。巩再拜。

〔注释〕

先大父:已去世的祖父。曾巩祖父曾致尧(947—1012),字正臣,又字正屋,南丰(今属江西)人,太平兴国八年(983)进士,曾任光禄寺丞、监越州酒税,刚直敢言,屡遭贬斥。严:尊敬。意奸而外淑:本意奸诈却装出善良的样子。侈:夸大。衋(xì):伤痛。睎(xī):仰慕。否塞:闭塞。不宣:不一一细说。

庆历六年(1046)夏,曾巩奉父亲之命,修书一封请老师欧阳修为先祖父曾致尧作一篇墓碑铭。欧阳修当年就写好了《尚书户部郎中赠右谏议大夫曾公神道碑铭》。第二年,曾巩写信给欧阳修表示感谢,就有了这篇堪称议论文范文的《寄欧阳舍人书》。这篇文章按照由古至今、由远及近的顺序层层递进,环环相扣。

提笔写信前,曾巩一直反复诵读老师的文字,心中交织着感谢与惭愧。不难推测,他感谢是因为老师惠赐碑铭,惭愧或是因为自叹不如,或是觉得难以报答老师的恩情。

书信的前半部分未提及感谢,而是先探讨铭志与史传的关系。铭志之所以能著称于后世,是因为意义与史传相似,不同的是,史传对人的善恶都要一一记载,而铭志记载的都是卓著的功德、出众的才能操行、高尚的志气道义。

说完铭志与史传的不同之处,曾巩又谈了两者的相似之处。基于铭志的扬善性,行善之人希望自己的善行流传于世,就会发奋多做善事;恶人没有什么可铭记的,就会感到惭愧和恐惧。博学多才、见识广达、忠义英烈、节操高尚的事迹都能被一一写入碑铭里,这足以引得后世纷纷效仿,可见铭志也具有史传一般的警世和引导作用。

但有时候,铭志的真实性难以保证。一方面,世风衰微时,子孙会不顾事理,只想褒扬自己死去的亲人。即使是恶人,子孙也一定要替其刻铭立碑,向后世夸耀。撰写铭文的人被再三请托,难以推辞,又顾着人情不能写死者的恶劣行径,所以铭文就写得不合实情了。

另一方面,请托之人的人品也有高下之分。如果请的人不得当,铭文就不会写得公正、正确。千百年来,上自公卿大夫,下至里巷小民,死后都有碑铭,流传于后世的却很少,就是因为托人不当。就这样,曾巩顺势由碑铭的重要性谈到碑铭作者的关键性。

那么,怎样的人才能写出公正、正确的铭文呢?必须是道德高尚、文章通达的人。因为道德高尚的人不会接受为恶人撰写铭文的请托,对于各种类型的人也能加以辨别——有的人内心善良但做的事不一定好,有的人内心奸恶但外表看起来贤良,有的人做了相差悬殊的善行与恶行所以很难被指明善恶,有的人实大于名,有的人名过其实。只有道德高尚的人,才能辨别是非、不被迷惑,议论公允而不徇私情,做到公正、实事求是。并且,如果铭文的辞藻不精美,依然不能流传于世,因此就要求碑铭作者也要写得一手好文章。

但兼具高尚道德和高超写作水平的人实在难得,大约几十年甚至一二百年才出现一个。至此,曾巩点明:欧阳修先生这样道德、文章俱佳的人,也是几百年一遇的。先祖言行高尚,又有幸遇到先生愿为他撰写碑铭,毫无疑问,这份碑铭必定公正而又符合实际,能流传当代及后世。

随着感谢信的主题显现出来,曾巩正式表达了谢意。世上的学者,读到感人的古人事迹时,会激动得不知不觉落下泪来,何况是死者的子孙呢?曾巩每次追怀先祖,都会想到这篇碑铭能传于后世、恩泽祖孙三代,是欧阳修先生的功劳。继而他又联想到,自己学识浅薄、才能平庸,先生还予以提拔鼓励;先祖命运坎坷、仕途闭塞、穷愁潦倒而死,先生还写了碑铭来褒扬他的善德。这么看来,世上不常有的英雄豪杰,都愿意投奔到欧阳修的门下,潜居山林的退隐之士,都会希望名声流播于世。

曾巩在这封书信中分析了铭志的作用、优秀的碑铭作者的难得,表达了对欧阳修道德、文章兼胜的赞许。这里体现的是"文以载道"的主张,即宋代"古文运动"推崇的重要写作宗旨。曾巩盛赞欧阳修是"数百年而有者",不是学生出于私心推崇老师。苏轼在《〈六一居士集〉叙》中提及:"欧阳子,今之韩愈也。"他也将欧阳修和唐代"古文运动"的举旗者韩愈相提并论。二人是唐宋两代"古文运动"的重要倡导者、实践者,都作为某一个时期的文坛领袖,对后世产生了深远的影响。

局事多暇 動履禔福去遠 誨論之益忽忽三載之久跧跜窮徼日迷 汩于吏職之冗固豈有樂意耶去夏要代 之期雖幸蹇邅而 替人寂然未聞亦旦 夕望之果能遂逃曠弛實自 賢者之力夏秋之交道出 府下因以致謝 左右庶竟萬一餘冀 順序珍重前即 召擢偶便專此 上問不宣 鞏 再拜 運句 奉議無恙鄉賢 二十七日謹砸

○曾鞏《局事帖》

赠黎、安二生序

赵郡苏轼,予之同年友也。自蜀以书至京师遗予,称蜀之士曰黎生、安生者。既而黎生携其文数十万言,安生携其文亦数千言,辱以顾予。读其文,诚闳壮隽伟,善反复驰骋,穷尽事理;而其材力之放纵,若不可极者也。二生固可谓魁奇特起之士,而苏君固可谓善知人者也。

顷之,黎生补江陵府司法参军,将行,请予言以为赠。予曰:"予之知生,既得之于心矣,乃将以言相求于外邪?"黎生曰:"生与安生之学于斯文,里之人皆笑以为迂阔。今求子之言,盖将解惑于里人。"予闻之,自顾而笑。

夫世之迂阔,孰有甚于予乎? 知信乎古,而不知合乎世;知志乎道,而不知同乎俗;此予所以困于今而不自知也。世之迂阔,孰有甚于予乎? 今生之迂,特以文不近俗,迂之小者耳,患为笑于里之人;若予之迂大矣,使生持吾言而归,且重得罪,庸讵止于笑乎?

然则若予之于生,将何言哉? 谓予之迂为善,则其患若此;谓为不善,则有以合乎世,必违乎古,有以同乎俗,必离乎道矣。生其无急于解里人之惑,则于是焉必能择而取之。

遂书以赠二生,并示苏君以为何如也。

〔注释〕

同年:科考同年考中的人。曾巩和苏轼都是嘉祐二年(1057)进士。闳:宏大。隽:意味深长。补:充任。司法参军:职掌刑法之官。庸讵(jù):难道。

曾巩的这篇文章写于治平四年(1067),是他应黎生请求而写的赠序。

黎生、安生是苏轼推荐给曾巩的。苏轼和曾巩作为同科进士,也是知交好友。苏轼对于提拔有才华的年轻人不遗余力,从蜀地写信到京师给曾巩,称赞蜀地的两位读书人黎生和安生。不久,黎生和安生就带着各自的文章前去拜访曾巩。曾巩读了两人的文章,称赞他们思路开阔,文笔雄健,文章前后照应,气势奔放,就事论理,明白透彻。在曾巩看来,黎生、安生才情豪放,前途不可限量,固然可以算是新崛起的读书人中的领军之才,苏轼也是善于发现人才的人。

不久，黎生补缺为江陵府（今属湖北）司法参军，临行前请曾巩赠言。曾巩告诉他："我心里已经很了解你了，何必要用言语来表达呢？"黎生却说："我和安生都还在学习写文章，同乡都讥笑我们的思想行为不切实际。现在请您赠言，是为了解除乡里人的疑惑。"曾巩听了这话，忍不住笑了。黎生、安生担心文章被嘲讽为不切实际之作，但曾巩认为，他自己不但文章不切实际，为人处世也不合世俗，特立独行，如何能为二生赠言呢？

出尘与入俗是从古至今一直摆在文人士大夫面前的矛盾，曾巩也不能避免。在迎合世俗与超脱世俗之间，他毅然决然地选择了保持真我，固守本心。曾巩视自己为世间最不切实际之人，因为他只知道信奉古人，却不知道迎合世俗；只知道记住圣贤之道，却不知道与世俗同流。曾巩认为，这就是他不知不觉间遭受困厄至今的缘故。因此，曾巩告诉黎生，他和安生的不切实际只是由于文章不合于世俗，是小事，而曾巩自己比他们不切实际得多，他本身就是不合群的。如果二生担忧会被同乡讥笑而拿着曾巩的文章归去，将会大大地得罪世俗之人，那结果或许就不只是被讥笑了。这是曾巩的自嘲，也是他对当时世道不古的讽刺，从中可以感受到他高洁的情操与坚定的志向。

文章的结尾,曾巩没有直接给出答案,而是授人以渔,让黎生、安生自己去思考:如果说不切合实际是好的,它却会带来不好的结果,正如同曾巩现在这样,面临困厄,遭人非议;如果说不切实际是不好的,可它的确可以让自己变得符合世俗,只是这样做必定违背古代圣贤之道,与求学问道的初心相背离。二者究竟孰是孰非,如何选择?这是人生的命题,需要仔细思索,并非朝夕之间就能解答。

针对黎生提出的写作古文遭到时人非议讥笑一事,曾巩表明自己的见解,说理精辟,层次清晰,言浅意深,文风淳厚朴实,明显有别于唐宋八大家的其他七位。从这篇文章也可以看出,尽管欧阳修等人竭力推动"古文运动",同时有"三苏"和曾巩等人的身体力行,可奢靡的文风仍然没有彻底改变。

⊙河南开封开封府。宋仁宗朝，曾巩在汴京（今河南开封）为馆阁校勘、集贤校理

凝香斋

每觉西斋景最幽,不知官是古诸侯。
一尊风月身无事,千里耕桑岁有秋。
云水醒心鸣好鸟,玉砂清耳漱寒流。
沉心细细䌷黄卷,疑在香炉最上头。

〔注释〕

凝香斋:原名西斋,在大明湖畔,取韦应物"燕寝凝清香"句意而起名。䌷(chōu):抽引,理出丝缕的头绪。黄卷:古代记录官吏功过、考核其是否称职的专门文书。

曾巩的这首诗写于熙宁五年(1072),齐州知州任上。熙宁四年(1071),曾巩受到提拔,由越州通判改任齐州知州。当时齐州恶霸横行,鱼肉乡里;盗贼四起,百姓惶恐。曾巩到任后雷厉风行,除暴安良,在一年的时间里让齐州政通人和,四方安定。百姓安居乐业,在千里良田中挥汗如雨地耕作,年成是不必担忧的了。曾巩也得暇悠游湖山,赋诗娱情。这首诗就是曾巩在游览大明湖时而作的。

在他眼中,此地最幽静的风景在凝香斋。面对清风明月,倘佯山水之间,了无心事,乘兴饮酒,看浮云卷舒、玉砂洁白,听鸟鸣婉转、流水淙淙,心灵也仿佛被涤荡得不染纤尘。在如此清幽宜人的环境中,曾巩静下心来,仔细阅读黄卷,感觉好像登上了香炉峰的最高处,其愉悦轻快、悠然自得的心情,不言而喻。

最有意思的是诗的最后两句。一句"沉心细细细黄卷",描写曾巩在凝香斋读"黄卷"。很令人好奇的是,曾巩读的是前人的"黄卷",还是有关他自己的"黄卷"呢?如果曾巩读的是前人的"黄卷",他是不是在将自己与前人对照而检点得失呢?如果曾巩读的是有关他自己的"黄卷",他会怎么评价自己的政绩呢?曾巩没有说,我们当然也无从知晓。不过,游大明湖时,在景色幽雅的凝香斋,曾巩居然读起"黄卷"来。从这一点可以看出,他是很在乎政绩政声的。还有最后一句"疑在香炉最上头",写他联想到了庐山香炉峰,颇有"会当凌绝顶,一览众山小"之趣,这是曾巩对自己政绩的评价吗?也许是吧。

多景楼

欲收嘉景此楼中,徙倚阑干四望通。
云乱水光浮紫翠,天含山气入青红。
一川钟呗淮南月,万里帆樯海外风。
老去衣襟尘土在,只将心目羡冥鸿。

〔注释〕

多景楼:在今江苏镇江北固山甘露寺内。嘉:美好。钟呗(bài):寺院诵经声。冥鸿:远空飞翔的鸟。

曾巩的这首诗大约是他中年宦游经过镇江,登临多景楼时所写的。

为了观赏美景,曾巩登上多景楼,沿着栏杆四处徘徊,极目远眺。夕阳西下,天空中晚霞灿然,山岚与云彩青红相间,倒映在波光粼粼的江面上,也是一片斑斓色彩。待到日落月升,月光下静谧的江上回荡着寺院里传来的钟声和诵经声,一艘艘不远万里归来的帆船带来了海外的清风。壮美的落日、灿烂的霞光、浮光跃金的江水,以及清冷的月色、悠远的钟声、幽邃低沉的梵音,诗中所写的景物既浑然一体,又形成了强烈的对比,冷暖相衬,动静相融,无怪乎后人对曾巩的景色描写多有推崇——无论是观察之细腻,还是描述之传神,都登峰造极。

在极度渲染美景之后,曾巩忽而笔锋一转。面对如此美景,他似乎没有被感染,没有欣喜、愉悦,而是感慨自己已然年老,眼看着衣服上累积了多年的风尘,却又无法摆脱,只能默默羡慕那些在暮色中飞向远空的鸟儿,透露出渴望自由的心情。他想表达什么意思呢?很显然,曾巩对自己的生活是不满意的,他诗里说的"尘土"并不是真正的尘土,很可能指的是官场中某些不好的行为习惯。也许他有点自责:我怎么就染上了官场中的某些陋习呢?不应该啊!南宋陆游在《临安春雨初霁》里有"素衣莫起风尘叹"的感叹,意思是说,不要叹息京城的尘土会弄脏洁白的衣衫。两者是否有同样的心境呢?

人在仕途,常常身不由己——想做的事情,因受种种制约而无法去做;不想做的事情,却必须按部就班地去做。于是,人们常常在困顿中渴求挣脱桎梏,向往身心自由。可能曾巩当时的心情就是如此吧,眼前观赏的是美景,心里想的却是恨不得变为飞鸟,自由自在地飞上天空,飞向远方,将一切烦恼与痛苦的根源抛于脑后。这似乎比陶渊明《归园田居》中体现的远离官场的诉求还要更进一步,是要脱离凡间的生活了。

⊙河南开封大相国寺

后　记

2022年1月出版《白居易：与君约略说杭州》，2023年1月出版《苏东坡：前生我已到杭州》，不仅实现了为杭州的两位"老市长"各写一本书的愿望，而且两本书都受到读者喜欢，几度上了购书网站的同类书畅销榜。我松了一口气，这两本完全市场化的书总算不负使命。

那天在去湖州参加全国第五届大学生有声阅读优秀作品展演的路上，浙江教育出版社蒋婷总编辑建议我继续关于中华优秀传统文化普及的写作，从诗词解读拓展到散文解读，比如唐宋八大家，一路上聊了许多。回来后，我翻出《古文观止》，浏览了唐宋八大家的一些篇目，一时也没有想出头绪。

在忙于其他文化活动和写作约稿之余，时不时会想起蒋总布置的"作业"。思考了一段时间后，理出了大致设想，征求蒋总的意见，又作了修改，形成了写作提纲。经蒋总和浙江教育出版社确认，这就成了我今年的"暑假作业"。今年杭州的高温天持续时间长，正好居家埋头"赶作业"。现在这份"暑假作业"即将与读者见面，诚恳接受读者的评判。

借本书出版之际，有三点我想说明：第一，这本书不是学术专著，是中华优秀传统文化的普及读物。第二，我的写作仍然坚持以史实为基础，以文本为源头，叙述、考证、解读，不虚构、不戏说、不演绎，尽可能还原真实的历史片段和历史人物的生活场景。第三，在解读唐宋八大家每位名家的诗文之前，都有一篇"印象"，内容包括：依据有关唐宋八大家的史籍和诗文，对他们的生平作一些介绍；还有就是我在阅读、研究、写作过程中对他们生平遭际的一些随感。这些文字不是对唐宋八大家的全面评价，只是想让读者对唐宋八大家的人生有更丰富的了解，从而更有助于理解他们的作品。

浙江教育出版社有心为传承中华优秀传统文化出力，我当然很乐意参与。感谢蒋婷总编辑的信任，感谢高国庆老师、来晓平老师给予的大力支持，感谢孟令昕、王平、颜阿龙、郑晖、陈晓雷、凌雁提供图片。《遇见唐宋八大家》只是个开始，期望"遇见"系列里的书逐年增多，能让读者遇见更多的中华文化经典，滋润大家的心灵。

司马一民

2023年9月

图书在版编目（CIP）数据

遇见唐宋八大家 / 司马一民编著. -- 杭州：浙江教育出版社，2024.2
ISBN 978-7-5722-7110-6

Ⅰ. ①遇… Ⅱ. ①司… Ⅲ. ①唐宋八大家－古典文学研究 Ⅳ. ①I206.2

中国国家版本馆CIP数据核字(2024)第022016号

遇见唐宋八大家
YUJIAN TANGSONG BA DAJIA

司马一民　编著

总 策 划	蒋　婷
责任编辑	邢　洁　舒志慧
文字编辑	王听雨　沈梦泽
美术编辑	曾国兴
责任校对	朱雅婷　雷　坚
责任印务	刘　建
封面设计	吴浩然
版式设计	张永康
出版发行	浙江教育出版社
	（杭州市天目山路40号　电话:0571-85170300-81013）
图文制作	杭州兴邦电子印务有限公司
印刷装订	浙江新华印刷技术有限公司
开　　本	710mm×1000mm　1/16
印　　张	14
字　　数	300千字
版　　次	2024年2月第1版
印　　次	2024年2月第1次印刷
标准书号	ISBN 978-7-5722-7110-6
定　　价	78.00元

版权所有　侵权必究